最後の最後

すぎやま博昭
Sugiyama Hiroaki

風詠社

《はじめに》

人間に求められる理想像は誠実さや勤勉さなどに限らず、自分自身の持ち味をいかに発揮するかが重要だと考える。本書では登場する人物たちの持ち味に注目していただき、その魅力を読者が感じ取ってくれればうれしく思う。

それでは、本書の主題である『最後の最後』に向けて出発進行する。

装幀　2DAY

最後の最後／目次

出会い

時は一九八七年七月。

ジリジリと強い日差しが照り付ける昼下がり。麦わら帽子をかぶった佐藤俊雄《さとうとしお》は、父親の佐藤三郎《さとうさぶろう》と農園内にある果樹園で桃の収穫作業を行っていた。

その実《じつ》、俊雄は約四カ月前に、摘み取った花から花粉を採取して人工授粉の作業をしたのであるが、花粉が雌蕊《めしべ》にしっかりと付いているかどうか不安だった。それでも、桃は太陽の光をいっぱい浴びて桃花色に熟し、甘い香りを漂わせながら実をつけていた。

「あっ!」

脚立にまたがり桃をもいでいた俊雄が、不注意にもバランスを崩して地面に落下してしまった。彼は背中をエビのように曲げ、両手で左足の膝を抱えこんで痛々しく倒れている。

「おいっ!　大丈夫か!」

息子に不測の事態が起きたことに気づいた三郎が駆け寄った。

「お父さん、どうも左足をくじいたようです。痛くて立ち上がれません」

俊雄は父親に訴えた。

「よし分かった！　駐車場まで背負って行くぞ！」

三郎は息子を介助しようとした。

「いえ、お父さんの肩を借りるだけで何とか行けそうです」

俊雄はそう言って、右手で父親の左肩をつかみ、右足で片足飛びしながら駐車場にたどり着くことができた。そして、俊雄は父親の運転する軽トラックの助手席に乗り、病院に到着するとすぐにレントゲン検査が行われた。その結果、左足くるぶしの骨折が判明し、即刻、入院することになった。

俊雄は、かれこれ五年ほど前から桃や梨のもぎ取りを経験しているベテランのはずなのに、この度の事故は、「猿も木から落ちる」ということになろう。

ともあれ、俊雄が車いすで看護師に連れて行かれた病室は、ベッドが窓側に二つと、院内の通路側に二つ置かれている四人部屋だった。彼には空いている窓側のベッドが与えられた。

「皆さん、失礼します。佐藤俊雄と申します。きょうから皆さんと同じ病室になりました。この先お世話になると思いますが、どうぞよろしくお願いします」

早速、俊雄は同室の入院患者に向かってあいさつをした。

「皆さん、佐藤俊雄さんが困っているときには助けてあげてくださいね」

すかさず看護師も入院患者に協力を依頼した。ところで、俊雄は同室の三人の入院患者の病状をあとから知ったのであるが、その中の五十代と思われる男性患者は、椎間板ヘルニアの手術を受けていた。もう一人は、高校の体育祭でアキレス腱を断裂して手術を受けていた。そして、窓際の幼い患者は、かわいそうなことに足に先天的な異常疾患があって、数日前に矯正手術を受けたばかりであった。その幼児と俊雄が体質面で似ているとは言わないまでも、彼も幼い頃は、突然、鼻血を出すなど、体質面に弱さがあったことが思いだされる。現在、俊雄は二十三歳になり、健康体になったと思いきや、簡単に足のくるぶしを骨折してしまうのだから、まだまだ先が思いやられる。

翌日、俊雄には骨折した箇所をボルトで固定する手術が行われた。事故から手術まで、あっという間《ま》の二日間であった。術後の彼は、理学療法士である藤田美幸《ふじたみゆき》の指導の下で、左足くるぶしの回復訓練と精神面のリハビリテーションを受けていた。

毎回、俊雄はつらく苦しいリハビリが終わったあと、同室の入院患者と何気ない会話を交わして気を紛らわせていたのであるが、彼らの不安や悩み事を知ってしまうと、やるせない気持ちになるのであった。これも病院という医療現場であるが故に、そのような感情が出やすくなってしまうのかもしれない。そのため、俊雄は心の疲れを解消するために、院内の図書室で借りてきた本を読み漁っていた。特に、吉野源三郎の『君たちはどう生きるか』という小説に感銘を受けていた。この小説は、主人公が自分なりの生き方を模索していく過程で、出会った人々から学んだことを通じて、人生の意義や人間の尊さを追求するものだった。今、彼が置かれている立場からしてみると、この本に出会えたことは感銘に値し、何度も読み返ししていた。

——そして、俊雄の入院生活も終わりの日が来た。

「先生、あしたの退院が決まりました。きょうまで大変お世話になりました」

約一カ月にわたる入院生活が終わることになって、俊雄は病院のリハビリテーション室で理学療法士の藤田美幸に感謝の気持ちを伝えた。

「よく頑張りましたね。完治するまでには、あと一カ月ほどかかりますから、足のくるぶしに負担をかけないように回復訓練を続けてくださいね」

「はい！　分かりました。ところで先生、ちょっとだけ私の話を聞いてくださいませんか？」

「何でしょうか？」

「私はこの一カ月間、リハビリでつらい日々を過ごしてきましたが、きょうまで頑張ってこられたのは先生のおかげです。先生のご指導にはとても感謝しています。それだけではありません。私は寝ても覚めても先生の美しい姿がまぶたから離れませんでした。何かしら運命

の人に出会ったような自分がいました。どうぞ、退院したあとも私とお付き合いしてくださ
い！　お願いします！」
幸いリハビリテーション室には俊雄と美幸の二人だけだったので、彼は大きな声で己の恋
心を打ち明けた。
「まぁ～、そんなに思われているなんて、私、困ってしまうわ」
美幸は、いきなり俊雄の告白を聞かされて困惑気味だ。
「私は自分の抱いている感情を正直に伝えただけです。この世界で花が嫌いな人はいません。
花はずっと見ていても飽きません。バラのように美しく輝く花が先生だったのです。私は男
なので先生のように美しい花でもなければ、蝶々のような可憐さもありません。ただの男で
す。どうか私の気持ちを受け止めて、お付き合いしていただけないでしょうか？　お願いし
ます」
再度、俊雄は美幸に願い出た。
「でも、私は年上ですよ」
美幸は俊雄よりも年上であることを主張した。
「決して年の差で罰せられることはありません。先生は私とお付き合いしてくださるだけで
いいのです。遠い将来のことは成り行き任せでしかありません。ただ、先生に私をもっと

知っていただきたいのです」

このとき、佐藤俊雄は農業大学の卒業生で二十三歳と若かった。一方、藤田美幸は福祉大学の卒業生で二十六歳だった。年の差は三つである。ちなみに、美幸は一九六一年生まれで、干支が丑年である。丑年の人の性格を一言で表すと、「人に尽くす」との特徴があると言われているから、彼女は理学療法士としては適任者と言えるのではなかろうか。

そもそも、男性は年上の女性には多くの魅力が備わっていることを知らなければならない。その一つに、年上の女性は男性と比べて人間的な成長が早く、頼りがいのあるところに最も魅力を感じるものである。藤田美幸の場合は理学療法士という職業柄、患者に的確なアドバイスを与えられる人物であり、仮に、ある患者が尽くしてほしいとか、やめてほしいとかの気持ちを抱いていた場合でも、それを理解する力があるように思える。加えて、容姿端麗で大人ならではの色気も兼ね備えているので、俊雄はそんな美幸に惹かれていたのである。

更に俊雄はこう言った。

「理学療法士さんは、スチュワーデスさんやバスガイドさんと同じように人に優しいので、私はつらいリハビリであっても続けられました。これまで私は先生の美しい素顔や明るい声を聞けましたし、温かいまなざしや素敵なスタイルも見てきて、ますます好きになりました。女性をこんなにも好きになったのは初めてです。もし先生が何らかの苦難に直面したら、私は全身全霊を傾けてお助けします。勝手ながら先生に自己中心的なことを言ってしまいましたが、何よりも一期一会の出会いを大切にしたいと思ったからです。どうか、私とお付き合いしてください！　お願いします！」

俊雄は美幸に己の熱き思いを懸命に伝えた。

「私、困ってしまうわ。どうしましょう……」

美幸はまだ迷っているようだ。

「私は先生がお付き合いしてくれれば、ほかには何も望みません」

なおも、俊雄は己の熱情を伝え続けた。

「佐藤さんがそこまで私にご好意をお持ちになっていて、とてもうれしく思います。お付き合いしますよ」

美幸は俊雄の熱意にほだされて、とうとう誘いに応じた。

「どうもありがとうございます。もう、私は死んでも構いません」

俊雄は究極の喜びを表した。

「死んでしまったらお付き合いができませんよ」

「失礼しました。つい喜びすぎて余計なことを言ってしまいました。それでは先生、骨折した箇所が完治しましたら必ずお誘いしますから、そのときはよろしくお願いします」

「ええ、いいですよ。それまでに、しっかり足の怪我を治してくださいね」

「はい！」

俊雄は大きな声で返事した。

◇

秋の陽ざしがまばゆい九月。高原では早咲きのコスモスが咲いている。ここ佐藤家の農園にもコスモスの花が見受けられた。

足のくるぶしを骨折してからの俊雄は、病院生活の一カ月と自宅での療養生活の一カ月で、都合二カ月が経過していた。本日、彼は医師の診察を受けた結果、骨折した足のくるぶしが完治したことを告げられた。早速、リハビリでお世話になった理学療法士の藤田美幸に報告したくてリハビリテーション室を訪れたのであるが、あいにく彼女は別室で医療関係者と会議中とのことであった。仕方なく俊雄は自宅に戻り、翌日、電話で報告することにした。

「先生！　佐藤俊雄です！　足のけがは完全に治りましたよ！」

俊雄は病院の忙しい時間帯を避けて、昼時に電話で報告した。

「それは良かったですね。私もうれしいわ」

藤田美幸は温かい言葉を返してくれた。

「先生の明るい声は、以前とお変わりありませんね」

「体重は変わりましたよ」

「へぇ～、増えたのか減ったのかどちらでしょうか？」

「さて、どちらでしょうか？」

「お会いしてみないと分かりません」

「実は、おいしいものを食べ過ぎて一キロも増えちゃいました」

「たった一キロ増えただけでも女性は気になるのですね。私は春夏秋冬、旬の味覚をたくさん取り入れて食事をしているのに全然太りませんよ。いつも相撲力士くらいに太りたいと思っているのに実現できません」

「ふふふっ！　オーバーな表現ですね」

美幸は俊雄の話に苦笑していた。

「でも、短期間で太ってしまうと糖尿病が疑われますから、私は毎日体重を測っているのですよ」

美幸は俊雄に己の生活習慣を話した。

「さすが健康管理に気を付けている先生ですね。私も糖尿病にならないように気を付けます」

日本では約一千万人が糖尿病を患っていると言われている。特に、急激な体重増加は糖尿病の危険信号だともされている。また、必ずしも太っていなくても糖尿病の症状が現れる場合もあるようだ。更に、女性の中には糖尿病の疑いのある人が、一割存在していると言われている。そのため、男女問わず、毎日体重を測定して確認することが重要であり、食事内容や睡眠時間、ストレスなどにも注意しながら健康的な生活を送る必要がある。

ここで、俊雄はこう言った。

「確かに糖尿病は怖い病気です。でも、退院した私にとっては、一カ月ものあいだ先生にお会いできなくて、うつ病になりそうでした」

「まあ〜、そこまで思っていただいてうれしいけれど、そのときはどうしていましたの？」

「先生が教えてくれた音楽療法で気持ちを落ち着かせていました」

「どんな曲をお聞きになっていたの？」

「リハビリのときに流れていたピアノ曲です」

「ショパン作曲のノクターン第二番ですね」

「はい、そうです。同じ曲のＣＤを買ってきて、先生の姿を思いだしながら聞いていました。でも、ＣＤで音楽を聞いているときよりも、今、先生のお声を聞いているほうが最も癒されます」

俊雄の胸の内は、美幸への熱き思いで満ち溢れている。

「まあ〜、お世辞がお上手ですね」

美幸は恐縮しながらも、うれしそうな声だった。

「ところで先生、お約束のお付き合いをしていただきたいのですが、いつがよろしいのでしょうか？」

「もう、先生とおっしゃるのは、おやめになってください」

「では、どんな風にお呼びすればよろしいのですか？」

「藤田で構いませんよ」

彼女は己の名字を望んだ。

「じゃあ、藤田さん、ご都合のいい日はいつになりますか？」

「今度の日曜日ならいいですよ」

「では、その日の九時に病院の駐車場でお待ちしていますが、そこの場所でよろしいでしょうか？」

「ええ、いいですよ」

ついに、俊雄は藤田美幸との交際が始まることになって、胸が高鳴った。ただ、彼女への求愛心が強すぎるだけに、どうしても気に入られるデートスポットを見つけるのに悩むのであった。

〈次の日曜日は食事や映画などではなく、もっと意味のある場所で彼女を喜ばせてあげたい……〉と。

俊雄は寝床で長いあいだ考え抜いた末、デートスポットとして己の農園を選んだ。その農園は、戦後まもなく支配的な地主制度が解体されたことによって、佐藤家の歴史が始まったといえる。

当時、大地主であった佐藤家の農地は、戦後の農地改革によって国に買い取られ、従来の小作農たちに低価格で売却されたのであるが、売れ残った土地を佐藤家が買い戻したのである。それによって、広大な農地に果樹園が作られて桃や梨を、田んぼでは米を、畑ではさまざまな野菜類を生産して、佐藤家の生計が成り立っていたのである。

◇

佐藤俊雄と藤田美幸が交際する当日は、幸運にも健やかな秋晴れが広がっていた。俊雄は病院の駐車場に車を止めて、美幸が来るのを車外で待ち続けていると、約束の時間どおり彼女が現れた。ブラウンのニットシャツに花柄スカートという、いかにも秋らしい装いで、しっとりとした雰囲気が漂っていた。これまで病院で見慣れた医療用のユニフォーム姿とはかけ離れていて、俊雄の目には美しく新鮮に映った。

「藤田さん、おはようございます」

俊雄は目の前に歩いて来た美幸に声をかけた。

「はい、おはようございます。きょうはお世話になります」

美幸は白い歯が見える明るい笑顔であいさつをした。

「では藤田さん、きょうの予定は至って素朴でつまらない場所と感じられるかもしれませんが、私の農園にご案内します」

俊雄は美幸が車に乗る前に行先を伝えた。

「私、じかに農園を見るのは初めてですわ！」

声の調子からすると、美幸は農園に興味を持っているようだ。

「私は藤田さんに喜んでもらいたくて、いろいろと考えを巡らせた結果、自分の農園にご案内することに決めました。一般的な場所よりも、自然とのつながりの深い農園のほうが新鮮さを感じていただけると考えたからです」

「そんなにも心を配っていただいて恐縮ですわ」

「いいえ、私としては農園を楽しく見学していただけることが何よりの喜びです」

俊雄は期待を込めて話した。やはり、大切な存在と感じている藤田美幸への思い入れが、ひしひしと感じられる。

やがて車は農園の駐車場に到着し、そこからすぐ近くの果樹園に行くと、父親の佐藤三郎と祖母の佐藤千代《さとうちよ》が梨の収穫作業をしていた。

「お父さん！　お婆さん！　病院でお世話になった理学療法士の藤田美幸さんです」

俊雄は三郎と千代に呼びかけると、二人は作業中の手を休めて対面することになった。

「ようこそお越しくださいました。息子から農園を見学させたい人がいると聞いていました。お会いして、とても美しい方なのでびっくりしました」

三郎は藤田美幸の美しさに驚いた。

「そんなことはありませんわ。きょうはお忙しいときにお邪魔して申し訳ありません」

「いいえ、構いませんよ。ゆっくりと見学してください。先ごろ、息子が足を怪我したときは桃の収穫作業中でしたが、今は九月に入って梨の収穫時期で忙しくなっています。ここの農園では、果樹園のほかに、田んぼでは米の収穫をしていますし、畑ではキュウリやトマト、カボチャなどの野菜類も収穫しています。ほかにも養鶏場がございまして、鶏卵を直売所に納入しています。あと、自宅の庭ではウサギと鳩を飼っています。そうそう忘れていました。アメリカン・コッカースパニエル犬とペルシャ猫を放し飼いにしています」

三郎は、佐藤家の暮らし振りを一通り紹介した。

「そうですか。楽しいお宅のようですね。ワンちゃんと猫ちゃんのお名前は何と言うのですか?」

　美幸は三郎に尋ねた。

「犬の名前は『ニャーゴ』で、猫の名前は『ワンコ』です。ワッハッハッハッ!」

「まあ〜、面白いお名前ですね」

「人生は面白おかしく生きて行くのが一番の健康法です。ワッハッハッハッ!　この農園ではスタッフも雇っていますが、主に、わしと婆さんと息子の三人で切り盛りしています。日本の食糧自給率が低くても、ここでは幅広い品目を生産していますので、食べることには困りません。でも、毎日が忙しくて猫も杓子も手を借りたいほどです。あっと失礼、猫は猫でも犬のニャーゴではありませんよ。ワッハッハッハッ!」

　三郎は農園の経営実態を話し、最後には猫にかこつけた笑いを放った。

「とにかく、農作業は天候に左右されるので、どうしても不安がつきものです。でも、農作物を収穫したときは格別にうれしいものです。もしも、世界中で食糧危機が起こったとしても、我が家では自給自足の暮らしが成り立っていますから、蛇やカタツムリ、カエルなどを食べなくても生き延びられますよ。ワッハッハッハッ!」

　笑い上戸になった三郎は自慢げに話した。

「農園のお仕事って素敵ですね」

美幸は三郎の話に共感を覚えたようだ。

「ええ、いつも農園の仕事に忙殺されて大変ですが、とてもやりがいがあります」

三郎は満面の笑みで、再び自慢した。

「ちょっと、お父さん。これから藤田さんを農園の見学にお連れするのですから、お話はそのくらいにしてくださいませんか」

父親の話が一向に終わりそうもないので、俊雄は催促した。

「そうか、そうか。少ししゃべり過ぎたようだな？　それでは、藤田さんを心ゆくまでご案内してください」

三郎は息子から本来の目的を聞かされたことで、己の長話に気付いた。

「それでは、行ってきます」

俊雄はそう言って、美幸を農園の見学に案内しようとしたとき、犬のニャーゴの姿が目に入った。

「ニャーゴ、来い！」

俊雄が呼びかけると、ニャーゴはしっぽを振りながら近寄って来た。そこで、犬も一緒に連れて行くことになった。

――歩き始めて間《ま》もなく。

「とても朗らかなお父様ですね」

美幸は三郎の印象を語った。

「ええ、父はいつも朗らかです。でも、私が四歳のときに離婚しているので、そのときの悲しみを思いだしたくないのでしょう。いつもおもしろおかしく話をしています」

「でも、お父様には、お母様がいらっしゃるから良かったですね」

美幸は慰めともとれる言葉を俊雄に投げかけた。

「お優しいお言葉ありがとうございます。そんな訳で、私には母親がどこで何をしているのか全く知りませんが、本当の母親は千代お婆さんだと思っています。お婆さんは生まれつき虚弱体質だった私を一生懸命育ててくれました。おかげで、私はこのとおり元気になりました」

俊雄は祖母との人間関係を打ち明けた。

「お婆ちゃんっ子ですね」

美幸はそう言った。

「どうもそのようです……」

離婚した母親の姿がまぶたに浮かんでこない俊雄は、己の家庭環境を美幸に話しているうちに、センチメンタルな気分になってしまった。例え、祖母の千代が身近にいてくれたにしても、片親である三郎に育てられたことの、やるせなさや悲しみがあったからだ。そんな事情を吹っ切るかのように、俊雄は美幸にこう言った。

「父は父で若いときから先祖代々続いている農園の仕事に、へこたれず働き続けていますから、私はその姿勢を深く尊敬しています」

「ご立派なお考えですわ」

美幸は俊雄が父親を尊重する気持ちを理解したようだ。

「確かに父が離婚したのは事実ですけれども、これまでの私は、その事実が存在しないと解釈するようにしていました」

俊雄は持論を展開した。

「まあ〜、哲学者のニーチェが残した言葉と同じだわ」

美幸は俊雄の発言に驚いた。

「そのニーチェは私と同じようなことを言ったのですか？」

俊雄は美幸に尋ねた。

「ええ、そうよ。正確には、『事実というものは存在しない。存在するのは解釈だけである』と言ったのよ」

美幸は俊雄にニーチェの名言を教えた。

「私は、ニーチェの名前は有名だから知っていますけど、そのような名言があったとは知りませんでした」

「佐藤さんから自然に出てきた言葉なのね」

美幸は俊雄の言葉を素直に受け止めた。

「私の頭の中は空っぽですけど、偶然、似たような言葉が出てしまったのですね」

「そんなに卑下しなくてもいいのですよ」

美幸は俊雄をかばった。

「私はニーチェのような哲学者ではありません。父と共に農園の仕事をしている普通の人間です。でも、仕事をしているときは、多くの苦労があって大変です。藤田さんもご存じのように、この日本では農業従事者の高齢化が進んでいて、跡継ぎも容易でないのが実情です。これからの日本は輸入食糧に頼らずに済むように、もっと多くの人が農業の仕事に携わるべきだと思います。そして、日本だけでなく、世界の人々も、もっと農業の重要性に気づかなければなりません」

俊雄は美幸に己の考えを力説した。この一九八七年にはすでに地球上で異常気象が多発しており、人口も増加の一途をたどっていた。

国連の推計によると、世界の人口は二〇八〇年代には百五億人のピークに達すると予測されている。これでは、人類にとって地球がますます狭くなる一方である。現在の世界情勢からすると、すでに食糧不足が危険水域に達しており、更なる食糧不足に向かっていることは間違いないところである。

そんな中でも、日本国内では、「キツイ・汚い・かっこ悪い」と揶揄される3Kの農業から多くの人が離脱している。その傾向は高度成長期に顕著に表れていて、農業従事者が賃金の高いハイカラな就職先に転職してしまったからである。その結果、日本国内では必要な食糧を確保することが難しくなり、かつてのような自給自足の状況には程遠くなっていて、当然ながら食糧不足に陥っている。このような状況は日本国内だけにとどまらず、世界の国々でも同様の問題が起きており、今や食糧を海外から安定して自国に輸入できる保証はないと認識する必要がある。

「佐藤さんのご家族のように、食糧の生産に携わる人が、世界中に広まってほしいですね」

美幸は俊雄による熱意のこもった話に触れ、今までよりも食糧事情の重要性をより深く認識したようである。

——二人が歩きながら話をしているうちに、稲刈りの間近な田んぼ地帯にたどり着いた。そこは広々とした田んぼに、一面、黄金色《こがねいろ》に輝く稲穂の頭が垂れ下がっていて、見事な実り具合であった。

「まあ～、素晴らしい景色ですね。日本の季節感をとても感じるわ」

青空と稲穂とのコントラストが抜群な景色に、美幸は感動して見とれていた。俊雄にとっては、何気ない日常的な景色かもしれないが、ここ農園に美幸を連れてきたことは正解だった。

このあと、俊雄は美幸を季節のカボチャとナスが栽培されている野菜畑や養鶏場にも案内した。

◇

俊雄たちが元の果樹園に戻ってくると、日なたで猫のワンコが寝そべっていた。そこに、犬のニャーゴも並んで寝そべった。異なる種類の動物が争いもなく仲良くしている光景は、佐藤家の幸せな暮らし振りを象徴しているかのようだ。その近くでは梨の収穫作業を終えた三郎と千代が休憩していた。

「農園の見学はいかがでしたか？」

三郎は美幸に問いかけた。

「黄金色の稲穂が、じゅうたんのように広がっていて、素晴らしい景色でした」

美幸は稲穂の美しさを三郎に話した。

「今は、どこの農家も稲刈りの時期に入っています。わしのところも五日前に落とし水して田んぼを乾かしているので、そろそろ稲刈りをする予定です。天気予報では、まだ晴れの日が続くようなので安心しています。稲刈りの方法ですが、朝露が乾いている十一時頃からコンバインで刈り始めて、その日のうちに乾燥機で乾かしています。毎度、二日間かけて行っていますよ」

三郎は美幸に稲刈りの作業手順を説明した。

「とても広い田んぼですから作業が大変でしょうね」

美幸がそう言うと、ことばかりに千代がこう言った。

「ですから、大型のコンバインで稲刈りをしています」

「そのような大きな機械を運転するのは難しいでしょうね」

「そんなことはありませんよ。少し練習すれば、誰でも運転できるようになります」

千代は自信満々に答えた。

「私、コンバインよりもトラクターを運転してみたいわ」

美幸はトラクターのほうに関心があるようだ。

「次に来られたときに、俊雄から教えてもらいなさい。ただし、トラクターもコンバインも公道を走る場合は、運転免許証を携帯する必要がありますよ」

千代は美幸に道路交通法の運転条件を教えた。

「そのときはよろしくお願いします」

振り向きざま、美幸はそばにいる俊雄に頼んだ。

「もちろん、お手伝いしますよ」

俊雄は、にこやかな表情で応じた。

「さてと、ここでの立ち話は何ですから、あちらのほうに移動しましょう」

三郎は全員を果樹園の一角にある小さなテーブルとパイプ椅子が数脚置かれている場所に皆を案内した。

「さあさあ、藤田さん。こちらにお掛けください」

三郎は美幸を椅子に座るように促した。

「母さん！　梨をむいて持ってきてください」

三郎は千代に指示した。

「はい！　少々お待ちくださいね」

千代はそう言って、井戸のあるところに向かった。そして、しばらくすると皿に盛られた梨を持ってきた。

「お待たせしました」

千代はそう言って、テーブルの上に梨を置いた。

「藤田さん、この梨は井戸水で冷やしてあります。どうぞお召し上がりください」

三郎は美幸に梨を食べるように勧めた。

「遠慮なく頂きますわ」

美幸は一口大の梨を爪楊枝に刺して口に運んだ。

「まあ〜、とてもみずみずしくて、おいしいわ」

美幸は梨の味わいに感動した。

「梨には『幸水《こうすい》』や『長十郎《ちょうじゅうろう》』という、いくつかの品種がありますが、ここで生産している梨は『豊水《ほうすい》』と言いまして、今が旬の時期です。お土産も用意してありますから、どうぞお持ち帰りください」

三郎は千代に井戸水で冷やした梨をむかせただけでなく、手土産までも用意させていたのである。

「そんなにしていただいて恐縮ですわ」

「いえいえ、久しぶりに、お若くて美しいお嬢様にお会いして、わしは若返りましたよ。ワッハッハッハッ！　いつも母さんの渋い顔ばかり見ていますからね。ワッハッハッ！」

「まっ！　三郎！　許しませんよ！　私でも若いときは男性にもてたのよ」

千代は三郎の辛らつな言葉に怒っているように見えたが、実は、顔が笑っていた。

「ごめん、ごめん、昔のお嬢さん。ワッハッハッハッ！」

千代をからかった三郎は、謝罪しながら笑っていた。きょうの三郎は息子の連れてきた藤田美幸が大変お気に入りのようで、いつもよりおしゃべりである。三郎にからかわれた千代も、にこやかな顔をしている。いつしか、三郎と千代は目の前に並んで座っている俊雄と美幸に熱い視線を注いでいた。

「それでは、お父さんとお婆さん、そろそろ藤田さんをお送りしなければなりませんので、この辺で失礼したいと思います」

俊雄は三郎と千代にそう言った。

「せっかく藤田さんをお連れしたのですから、もっと、ゆっくりしていったらどうですか？」

千代は名残惜しいのであろう。息子に頼んだ。

「藤田さん、どうしましょう？」

俊雄は美幸に尋ねてみた。

「いえ、お気持ちは大変うれしいのですが、きょうのところはこれで失礼したいと思います。お土産まで頂いて本当にありがとうございました」

美幸は三郎と千代に向かって、丁重に礼を言った。

「そうですか。またの機会を楽しみにしていますわ。お気軽にお越しくださいね」

千代は残念そうな顔をして言った。そして、トマトの入れてある手提げ袋を美幸に差し出して、こう言った。

「どうぞお持ち帰りください」

「まあ〜、梨も頂いたのにトマトまでも頂けるなんて申し訳ありません」

美幸は、二つも手土産をもらって恐縮していた。

「きょうの朝、収穫したトマトですから四、五日のうちに食べたら甘くておいしいですよ。保存する場合は、新聞紙に包んで陽が当たらない風通しのいい場所で保管してくださいね」

千代は美幸に伝えた。

「はい、分かりました。いろいろとお心遣いをしていただき、ありがとうございます」

美幸は千代に感謝の意を表した。

「藤田さん、トマトは上から読んでも下から読んでもトマトですよ。ワッハッハッハッ！そのトマトを包んだ新聞紙も上から読んでも下から読んでもシンブンシですよ。ワッハッハッハッ！」

急に、三郎は回文を言って皆を笑わせた。

「ふっ、ふっ、ふっ！　面白いお父様ですこと」

美幸は皆の笑いに誘われた。

「まだ面白いのがありますよ。野菜を販売している八百屋さんだって、上から読んでも下から読んでもヤオヤです。ワッハッハッハッ！」

またしても、三郎は回文を言って皆を笑わせた。しかし、美幸が帰ってしまうのが名残惜しかったようだ。ありありと三郎の表情に出ていた。

「藤田さん、私たちの農園には季節ごとに多種多様な作物が育ちますから、またお越しくださいね」

千代は美幸に次の来園を勧めた。

「うれしいわ。農園では季節が移り変わるたびに魅力を感じるのでしょうね。次の見学を楽しみにしています」

美幸は千代の心温まる誘いに応じた。

「藤田さん、今度来るときは、もっとゆっくりしていただき、みんなで酒を飲みましょう。そのときのわしは、うれしくて一升くらい飲めそうな気がしますよ。ワッハッハッハッ！」

三郎も千代と同じく、美幸との再会に期待を寄せていた。

「では、これで失礼いたします」

美幸は別れの言葉を言ってから、俊雄と共に駐車場に向かった。

「とても、ほんわかしたご家族ですね。それに農園の見学も楽しかったわ」

帰りの車中で、美幸は俊雄にきょうの感想を述べた。

「私も藤田さんとお付き合いができてうれしかったです。またの機会を楽しみにしていますす」

「私もよ。そのときはトラクターの運転を教えてくださいね」

美幸は俊雄に頼んだ。

「もちろんお手伝いします。それに私が農園の作物を使った、おいしい料理を作ってあげますよ」

「それはうれしいわ。佐藤俊雄さんだから、『砂糖と塩』を使ったお料理になるのかしら？」

美幸はダジャレで俊雄をちゃかした。

「ハッハッハッ！　とうとう、それを言われてしまいましたか」

俊雄は照れ笑いした。

「ごめんなさい。下手なダジャレを言って」

「いえいえ、構いませんよ。久しぶりに私にまつわるダジャレが聞けてうれしいですよ。藤田さんだから何回言われても悪い気がしません。もう、他人ではないような気がします」

「まぁ～、そんな風に言われると、私、恥ずかしくなってしまうわ」

美幸は、ほんのりと顔を赤らめて笑った。そして、こう言った。

「きょうは佐藤さんから、農場のことでたくさん教えてもらって楽しかったわ」

藤田美幸は真剣な表情で俊雄と向き合って、感謝の気持ちを伝えたのであった。

◇

俊雄と藤田美幸は、毎週のようにデートを重ねていたこともあって、自然と相手を名前で呼び合う仲にまで進展していた。

「美幸さん、次の日曜日は動物園に行きませんか？」

きょう、映画鑑賞を終えた俊雄と美幸は、ショッピングモールで軽食を摂っているときに、俊雄が提案した。

「俊雄さんは動物がお好きなようね？」

「ええ、子供の頃、父とよく動物園に行きました。そのときの楽しかった思い出がたくさんあるので、今すぐにでも行きたくなります。何しろ、動物園は子供も大人も楽しめる場所ですからね」

「私も動物園は大好きよ」

美幸は俊雄と共通の好みを持っていて、二人は息が合うようだ。

「動物園は独りで行くところではありませんから、美幸さんとご一緒だったらすごく楽しめます」

「私も俊雄さんとなら楽しく見物ができますわ」

もはや、二人は息が合うどころか恋人同士のようだ。

「では、いつもの喫茶店で九時にお会いしましょう」

「ええ、いいわよ」

二人は約束を交わした。

「その日は晴天になってほしいですね」

動物園は野外だから、俊雄は当日の天気が気になるのであった。

「私、雨が降らないように、てるてる坊主を作ってお祈りしようかしら」

美幸は、まるで童心に帰ったように、晴天になることを願っている。

「大丈夫。美幸さんは日ごろの行いがいいから、絶対に天気は裏切りませんよ」

「そうかしら？」

「そうですとも」

「俊雄さんも日ごろから行いがいいの？」

美幸は動物園の見物が待ち遠しそうだった。

「良かった。私、早く動物さんたちに会いたいわ」

「ええ、自信はありますよ」

——六日後の日曜日が訪れたとき、俊雄と美幸の祈りが神様に通じたのかもしれない。空は無風で雲一つなく、まれにみる快晴だった。早速、二人は動物園に入場すると、最初に目にしたのはゾウのエリアで、多くの人が見物していた。

「美幸さん、動物の中でも一番の人気はゾウのようですね。すごい人だかりです」

「ほんと、みんな真剣なまなざしですね」

「今、目の前にいるゾウはアフリカゾウの雌ですよ」

俊雄は美幸に教えてあげた。

「何キロくらいあるのかしら?」

「多分、五トンくらいはあるでしょう」

「私の体重の百倍になりますよ」

「なるほど。そうすると美幸さんの体重は五〇キロですね」

美幸の一言によって、俊雄は彼女の体重を知ることができた。

「あら、私、恥ずかしいわ」

美幸はゾウの体重と自分の体重を比較したことで、己の体重が知られてしまい恥じらいだ。

「大丈夫ですよ。美幸さんは理学療法士さんということもあってスタイル抜群ですし、身長からしても理想的な体重だと思いますよ」

俊雄は恥ずかしがり屋の美幸に救いの手を差し伸べた。

「もう私、隠し立てはしません。正確な体重は五一キロです」

美幸は正直に己の体重を明かした。

「そうですか。これで美幸さんは隠し立てがなくなって、気が楽になったでしょうね」

「ええ、すっきりしたわ」

「とは言っても、美幸さんがゾウの体重の百分の一だとすると、クローン人間の美幸さんが百人いることになって、本物の美幸さんを見つけるのに困ってしまいますね」

俊雄は話題を広げて言った。

「だったら、百人のクローン人間に、ご自宅の犬と猫の名前を答えるように質問したら、本物の私が見つかりますよ」

美幸は策を示した。

「そうでした。犬が『ニャーゴ』で猫が『ワンコ』なんて、誰も想像しませんからね」

「そうよ、私は今も犬と猫の名前が信じられませんもの」

　ここで二人の余談が終わると思いきや、

「やっぱり動物の中で一番重いのがゾウかしら？」

　またも体重について、美幸は俊雄に問いかけた。

「ええ、現在、地球上に恐竜でも生存していない限り、陸の動物では一番重いのがゾウです。でも、海に生息するシロナガスクジラが、最も重くて大きい動物と言われています。体重が二百トンくらいあって、体長も三〇メートルほどにもなるそうです」

　俊雄は美幸にシロナガスクジラの特徴を説明した。

「まぁ～、そんなに大きなクジラだったら、動物園や水族館で展示するのはとても無理ですね」

　美幸は驚いた。

「ええ、シロナガスクジラは大きいだけでなく、一日に十トン以上ものオキアミを食べるそうですから、見世物にするのは絶対に無理です」

「俊雄さんって物知りですね」

　美幸は感心した。

「ところでゾウの話に戻りますけど、ゾウには変わった特性があるのをご存じですか？」

俊雄は美幸に尋ねた。

「一体、どんな特性があるのですか？」

逆に、美幸は俊雄に尋ねた。

「ゾウの耳は、あんなに大きくても音を感じ取る場所は足の裏なんですよ」

俊雄は美幸に教えた。

「ええ〜、それは本当ですか？」

美幸は俊雄の教えに驚いた。

「ゾウは足の裏に感じた刺激を耳に伝達して、音が聞こえるそうです。およそ二、三〇キロ離れたところの雷音や降雨も捕らえることができると言われていますよ」

「それは、びっくりだわ」

またも、美幸は驚いた。

「そのほかにも、ゾウは不思議な特性をたくさん持っていますよ」

俊雄はゾウの特性を更に教えようとした。

「どんな不思議なことがあるのかしら？　知りたいわ」

美幸は興味津々のようだ。確かに、ゾウの特性にはまだ分かっていないところが多々あるため、科学者などが調査研究を続けている。現在、分かっていることを取り上げてみると、ゾウは大群を形成して暮らしていても結束力が非常に強く、生き抜くために必要な食べ物や水場の場所までも記憶しているという。更に、ゾウは怒りや悲しみ、好奇心などの感情を表現することができ、相手の感情も理解できる能力を持っているとされる。このような特性から、ゾウは人間と同様に賢い脊椎動物であると言える。

――このあと、俊雄と美幸はライオンのエリアへと移動した。ライオンは威厳を持って柵の中を歩き回っていた。その迫力ある姿に二人は圧倒されていた。

「ライオンも迫力がありますね。百獣の王を感じます」

俊雄は感嘆しながら言った。

「本当にライオンはすごい迫力がありますね。どの動物もそれぞれの特徴があって、見ているだけで楽しいわ」

美幸は笑顔で言った。更に、二人は動物たちの美しさや独特の魅力に感動して展示場を見て巡っていたら、あっという間に閉園の時間が近づいてきた。

「美幸さん、一通り見物しましたから、きょうはこの辺で帰ることにしましょうか？」

俊雄は美幸に帰る旨を伝えた。

「ええ、いいわよ。きょうは俊雄さんと一緒に動物園で楽しい時間を過ごさせていただきました。ちょっと名残惜しいけど、素敵な動物さんたちに会えて心が癒されました。また来てみたいわ」

美幸は満足感で満たされているようだ。

「良かったですね。次の機会を考えておきますよ」

「ええ、お願いします」

美幸は、早くも次の来園に期待を寄せていた。


――俊雄と美幸が動物園を出てからの帰り道のこと。二人が寄り添って歩いているとき、そよ風に乗って美幸から香水の甘い香りが漂ってきたので、俊雄はその心地よさにずっと浸っていたい気持ちになった。

「ねえ、美幸さん」

歩きながら俊雄が尋ねた。

「何でしょうか?」

「私たちが寄り添って歩いていると、すれ違う男性も女性も、みんな美幸さんのほうばかりを見て、私は完全に無視されています」

俊雄は己に男の魅力がないと考えたのか、愚痴をこぼした。

「大丈夫よ。私が俊雄さんを見つめてあげますから気にしないで……」

美幸は同情ともとれる励ましの言葉をかけた。

「ありがとう。私は美幸さんがいないと一人では生きていけません」

更に、俊雄はやるせない胸の内を嘆いた。

「そんな大げさなことを言わないで……」

「もしも、天変地異なんかが起きたら、美幸さんと離れ離れにならないように祈るしかありません」

「私は離れませんから安心してください」

もはや、二人は完全なる恋人同士の会話になっていた。そして、美幸は俊雄を元気づけるために、石畳に靴のかかとを鳴らして歩くのであった。

「ありがとう。元気が出てきました」

「良かった」

俊雄は男でありながら美幸の上手なリードにあやかっていた。

「ついては美幸さん。まだ先のことになりますが、来年は私の農園で桃狩りを体験してみませんか?」

「ええ、いいわよ。私、まだ一度も桃を取った経験がないの。俊雄さんのご家族もご一緒だったら、きっと楽しいでしょうね」

美幸は喜びを伝えた。

「これからも楽しいことは、お誘いしますからご期待ください」

「うれしいわ」

二人が歩きながら話をしていると、ちょうどいい具合に流しのタクシーを拾うことができたので、俊雄は美幸を病院の寄宿舎まで送ることになった。

「また来週の日曜日にお会いしましょう」

走るタクシーの中で、俊雄は名残惜しそうに美幸に言った。

「ええ、楽しみにしているわ」

美幸のその言葉の中には、俊雄と同じように愛する感情が支配しているように思われた。今や、二人は一心同体とも言える関係になっていた。

とうとう、タクシーは目的地に到着してしまい、下車した美幸は俊雄との別れがつらそうであった。何度も彼にお辞儀をして寄宿舎に消えて行った。

このように俊雄と美幸の交際は順風満帆に進み、ついには婚約するまでに至った。ここで、二人のこれまでの馴れ初めを振り返ってみよう。

――当時、俊雄は農園内にある果樹園で桃の収穫作業中に脚立から落下してしまい、足のくるぶしを骨折する事故で入院したことがある。そのとき、病院のリハビリテーション室に勤めていた理学療法士の藤田美幸との出会いがあった。骨折が完治したあと、俊雄と美幸の交際が始まり、わずか一カ月で、めでたく婚約するに至ったのである。縁は異なもの味なものであった。

◇

すがすがしい秋晴れの日曜日。

運命の赤い糸で結ばれた俊雄と美幸の結婚披露宴に、親友であり恩人の荒井秀樹《あらいひでき》が友人代表としてスピーチをすることになっていた。

宴もたけなわ、司会者から指名された秀樹は、壇上でのスピーチが始まった。

「新郎の俊雄君、新婦の美幸さん、そして、ご両家の皆様方、本日は誠におめでとうございます。私は俊雄君と同い年で、小学生の頃からの友人である荒井秀樹と申します。荒井という名字なので、よく『鼻息の荒い男』と言われています」

場内は笑いに包まれた。

「さて、この席をお借りいたしまして、一つ、いえ二つ以上、俊雄君の素晴らしい人間性を皆様にお伝えしたいと思います。まず、美男子の俊雄君は、頭脳明晰でありながら謙虚さを持ち合わせています。私は俊雄君とは中学生のときに同じクラスでしたので、一度、彼の通信簿をのぞき見したことがあります。驚くことに、体育以外はオール5でした。ですから学級委員をしていたのもよく理解できます。二つ目は、これまた素晴らしいことに、俊雄君は誰に対しても優しくて思いやりのある男性です。もし、私が女性だったら自分から彼に求愛してしまうかもしれません。きょうの美幸さんが、綺麗でとてもうらやましくて、私が新郎に代わりたいくらいです」

ここでも、場内は笑いに包まれた。

「三つ目、四つ目になると素敵な話ばかりで、私に嫉妬心が湧いてしまいますので、飛ばして次の話に移ります」

「ピッピッ、ピー！」

宴席から指笛が鳴った。

「このたび、私は俊雄君が理学療法士の美幸さんと結婚することを知って驚きました。俊雄君が足を怪我されたことがきっかけで、病院のリハビリテーション室でお勤めされていた美幸さんとの出会いがきっかけになって、お付き合いが始まり、本日、めでたい日を迎えることができました。まさに、禍を転じて福となすということでしょう。私は、純真な美幸さんと、毎日、一緒に食卓を囲んで喜びを分かち合える俊雄君が、とてもうらやましく思います。ただ、俊雄君には、美幸さんのために、時折、農園で収穫した新鮮な野菜を使って、料理をしていただきたいと思います。佐藤俊雄君なら、『砂糖と塩』で素晴らしい料理ができるはずです」

佐藤俊雄にあやかるダジャレが出て場内爆笑。

「それだけではありません。農園で取れた野菜は新鮮でおいしくてヘルシーなので、新婦様は体重が『減るし～』なんて、冗談を言ってはいけませんよ」

「ピッピッ、ピー！」

またもダジャレが出て、宴席から指笛が鳴り響いた。

「ここで恐縮ですが、私の体験した出来事を少しだけ聞いてください。俊雄君が小学三年生のときに校庭で遊んでいるときでした。突然、どこからともなく小石が飛んで来て、彼のこめかみに直撃したことがありました。そのとき、私は近くにいた教師から救急車の手配をするように頼まれまして、電話のある職員室まで走ったことがあります。また、俊雄君は小学四年生のときに、川で鮎釣りをしていて溺れる事故がありました。そのとき私は父に頼まれて、駐車場の料金所まで全力で走って従業員に助けを求めたこともあります。更に、俊雄君が高校二年生のときでした。下校途中、交通事故に見舞われてしまい、またも私は助けを求めて民家に駆け込んだこともありました。結局、私は合計三回も救急車を呼ぶために激走して助けを求めました。おかげで、私は駆けっこに強くなって、学校の運動会ではいつも一等賞でした」

場内は笑いの渦に包まれた。

「今では皆様方、笑っていらっしゃいますが、なぜか俊雄君は不運な事故が多かったのです。でも、それらの事故がきっかけで、私と俊雄君とは友人になれました。話が横道にそれてしまいましたが、俊雄君は新婦様に、これからもたくさんの愛を捧げてください。きっと、独身時代には味わえなかった多くの喜びが、ご両人に訪れることでしょう。そして、私たちは幸せな家庭が築けるように心から祈っております。それでは、これにてお祝いの言葉とさせていただきます。本日は誠におめでとうございます」

「パチパチパチ！」

結婚披露宴での荒井秀樹のスピーチが終わった。

◇

現在、俊雄と美幸は北海道の国道の中で最も高い標高一一三九メートル地点の三国峠に立っている。二人は新婚旅行で秋の北海道を満喫していた。冬や夏よりも秋の北海道が二人の一致する旅行先であった。北海道は、そろそろ冬支度をしなければならない時期で寒さが厳しくなりつつあるが、彼らはいつも自然の恩恵に感謝の気持ちを持っていて、北海道の広大な大地で紅葉を楽しむため、バスツアーに参加していたのである。

「美幸さん、三国峠から見下ろす景色は実に素晴らしいですね」

展望台から眼下に広がる原生林の大樹海を見て、俊雄は新妻にそう言った。

「俊雄さん、私たちは結婚したのですから、もう、私にはさん付けで呼ばなくてもいいのですよ」

思いがけず、美幸は名前の呼び方を変えるよう俊雄に求めた。

「では、『美幸ちゃん』にしましょうか?」

俊雄は提案した。

「ふざけないで、私は子供ではありませんから呼び捨てされても構いません」

謙虚に美幸は答えた。

「でも、美幸さんは私よりも年上ですし、新婚早々、私が偉そうに呼び捨てなんかできませんよ」

俊雄は丁寧語にこだわっている。

「夫婦になったのですから、呼び捨てにしてください」

「分かりました。さん付けしないほうが、お互い親密感が高まりますしね。これからは遠慮なく呼び捨てさせてもらいます」

「ええ、そうしてください」

美幸は己の気持ちが夫に通じて少し気持ちが楽になったようだ。

「じゃあ、美幸さんは……もとい、美幸は私のことをどう呼ぶのですか?」

俊雄は美幸に聞いた。

「『あなた』って呼ぶことにします。だって、夫にさん付けして呼んだら、まるで赤の他人を呼んでいるような感じになってしまいます」

「美幸、ありがとう。私は名前の呼び方に早く慣れて、夫婦の絆がより深まるように努力します」

俊雄は己の心構えを誓った。

「さあ、次の層雲峡に向かう時間が来ましたよ」

俊雄は美幸に行先を言った。

そして、三十分後。

「美幸、ここも雄大な眺めですね」

層雲峡のロープウェイで五合目の黒岳にのぼったところで、ゆったりと紅葉を楽しんでいた俊雄が言った。

「ええ、そうね、北海道は素晴らしい景色のところがたくさんあります」

二人には、この秋の新婚旅行が充実している様子で、俊雄は美幸の肩を抱き、美幸は俊雄の腰に手を回し、紅葉の景色を堪能していた。

「ここでいつまでも美しい景色を見ていたいですね」

俊雄は美幸に言った。

「ええ、私もよ」

美幸も俊雄と同じ感動を覚えていた。そして、この日は層雲峡温泉のホテルに宿泊することになっていた。

翌日は日本の滝百選に指定されている「銀河の滝」と「流星の滝」に、アイヌ民族の伝説に彩られる美しい渓谷の「神居古潭《かむいこたん》」を観光した。そのあと、ロープウェイで旭岳での紅葉を空中散歩し、最後は富良野温泉のホテルで床に就いた。


——次の朝。

「あなた、起きてください！」

早起きしていた美幸は、夫をベッドから出るように促した。

「美幸、きょうの行程は？」

俊雄は寝ぼけ眼《まなこ》で妻に尋ねた。

「きょうは、お花が満開の『四季彩の丘』と、コバルトブルーの『青い池』を観光するようになっていますから、早く支度をしてください」

再度、美幸は夫にベッドから出るように促した。

「きょうの天気予報はどうなっていますか？」

俊雄は勝手に話を変えて美幸に聞いた。

「晴天ですよ」

「外は寒くありませんか？」

「とても過ごしやすい一日になりそうです」

「雨は降らないでしょうね？」

「絶対に大丈夫です」

「じゃあ、ツアーバスは予定どおりの出発になるのですね？」

俊雄は時間稼ぎをするために、たわいのない話をここまで続けた。

「そうですよ。だから早くベッドから出てください！」

美幸は語気を強めて言った。

「あ～あ、まだ眠いから時間が止まって欲しいよ」

俊雄は嘆いた。

「そんなに眠いのはどうしてですか？」

「きのうの夕食で美幸が料理を残らず平らげるのを見ていたら、私もつられて食指が働いてしまったからです」

「まあ～、私に責任を押し付けないでください！」

「ごめん、ごめん。美幸に叱られて、やっと目が覚めました……」


――この秋の紅葉バスツアーもついに終わり、俊雄と美幸は札幌市内のホテルに宿泊して、翌日の新たな観光地巡りに備えていた。

「美幸、紅葉のバスツアーは大いに楽しめましたね。あしたのバスツアーも予約してありますから安心してください」

俊雄は翌日の観光にも太鼓判を押した。

「あなた、北海道には訪れたいところがたくさんありますから、全部のところを観光するのは無理ですね」

「大丈夫。私が生きている限り、また北海道に来るようにしますよ」

俊雄は自信を持って言った。

「うれしいわ。今度は夏の一カ月間を利用して、北海道を一周してみたいわ」

美幸は己の希望を述べた。

「一カ月間とは長くて大変ですが、がんばって計画しますよ」

俊雄は美幸の希望を叶えるために努力する気持ちを示した。

「私、あなたに惚れ直しました」

俊雄の魅力を再認識する美幸であった。

◇

桜花爛漫な土曜日。

俊雄と美幸が結婚して、瞬く間に半年が経過していた。その間、二人は多忙の日々を送っていたこともあり、慰安を兼ねて一泊二日の東京見物に出かける予定を組んでいた。きょうがその初日である。

新幹線が東京駅に到着するとプラットホームには人があふれ返っており、種種雑多な外国語が耳に入ってくる。さすが日本の首都である。

「美幸、これから、はとバスの乗り場に行きますが、『鳩が糞をした』なんて言いませんよ」

駅のコンコースで、俊雄は妻に言った。

「その答は、『ふ～ん』でしょ」

「よくぞ、お答えくださいました。次に鳩が飛んでいる空を見て『そうら見たか』なんて言いませんよ」

俊雄はダジャレを続けた。

「あなた、ありきたりのダジャレばかりで面白くありません。実際、言わないと言っているのに、言っているのではありませんか！」

美幸は夫のダジャレをとがめた。

「それはどうも悪かったです」

一向に、はとバスの乗り場が見つからないため、俊雄は苦し紛れのダジャレで時間稼ぎをしていたのである。自宅を出るときには、はとバスの乗り場を記憶していたと思いきや、いざ東京に着いてみるとあいまいになっていたのである。しかも、期待する案内板も見当たらず、二人は駅の出入り口付近で右往左往していた。

「美幸、交番に行って聞いてみましょうか？」

俊雄は尋ねた。

「交番だって、どこにあるのか分からないでしょ？　いっそのこと、近くの人に聞いてみたらどうですか？」

　これまで文句も言わず、行動を共にしてきた美幸が助言した。

「聞くは一時の恥、聞かぬは一生の恥と言いますからね。それでは東京に詳しそうな人を見つけて聞いてみます」

　俊雄は人に聞くにしても、田舎者に見られるのが恥ずかしかったので、中国人になりすまして、すれ違いの通行人に聞いてみた。

「ハトバス？　ドコ？　ドコデスカ？」

　すると、俊雄が話しかけた相手は中国人で、もちろん中国語がペラペラだった。

「アッハッハッハ！　あなた、的外れでしたね」

　美幸は自分たちの置かれた立場を度外視して、他人事のように笑った。

「まいったな、運悪く中国の人を引き当ててしまいました。中国人の人相は日本人とよく似ていますからね」

　赤っ恥をかいた俊雄は弁解するだけではなく、再び誰かに、はとバスの乗り場を尋ねる気にはなれなくて、相変わらず駅の出入り口付近でうろうろしていると、二十歳くらいの女性から声が掛けられた。

「何かお探しですか？」

即座に俊雄は、こう言った。

「日本語がお上手ですね」

「あら、まあ！　私は日本人ですよ。生粋の江戸っ子です」

「それは大変失礼しました。先ほど日本語が通じない中国人に声をかけてしまったので、東京におられる人は、みんな中国人に見えてしまいました」

「大げさなお方ですね。それで、何をお探しなのですか？」

女性は改めて聞いてきた。

「実は、はとバスの乗り場を探しているのですがご存じですか？」

「ここは八重洲口ですから駄目ですよ。反対側の丸の内南口を通り抜けて、左方向へ進んだところに、はとバスの乗り場があります」

女性は親切に教えてくれた。

「丸の内の南口ですね。どうもありがとうございます」

親切な女性のおかげで、やっと、はとバスに乗車できた俊雄は、隣の座席に座っている妻にこう言った。

「美幸、先ほど、はとバスの乗り場を教えてくれた女性は優しかったですね。すごく助かりました」

「若い女性でしたので、あなたは鼻の下を伸ばしていましたよ」

美幸に嫉妬心が生まれてしまったようだ。

「そんなことはありません。年上の女性も優しくていいものです」

俊雄は弁明した。

「その優しさは私にも言えることですか？」

「もちろんです。たった三つの年の差ですしね」

「どうだか分かりませんよ」

「疑うのはよくありません。何と言っても美幸が一番です」

「本当ですか？」

「本当ですとも。美幸は私にとって、世界で一番大切な人です。夜ごと美幸の夢を見ています」

「じゃあ、今夜は朝まで夢のお話を聞かせてくれますか？」

「朝までとはハードルが高いですけど、美幸のためなら頑張りますよ」

「やっぱり、あなたはいい人ね」

「美幸と一緒にいると楽しいから、私には万能感が芽生えてくるのですよ」

「では、これまでに、どんな夢を見たのですか？」

「今晩、ホテルで寝るときまで待てないのですか？」

「私、今、聞きたいの」

美幸は夫が見た夢の内容を早く知りたがっている。

「教えてあげたいけど、見た夢は正確には覚えていません」

「夢って、記憶が薄いものなのね」

「そうですよ。なかなか思いだせないときもあります」

「でも、私、あなたの見た夢を知りたいの」

なおも、美幸は夫にせがんだ。

「それでは、このあいだ見た夢を話しましょう。それは神様が私にお願い事を一つだけ叶えてくれる夢でした。私は早く赤ちゃんが授かるようにとか、お米が豊作になるようにとか、たくさんのお願い事があって、一つに絞るのに長い時間、迷っていたら、いつの間にか神様がいなくなってしまいました。すごく損した気分になりました」

「だったら神様に、お願い事が何回でも叶うお願い事をお願いしたらよかったのに」

美幸はお願い事の言葉を多く使って皮肉った。

「さすが、それは、うまいお願い事の仕方ですね」

俊雄は妻の発想力に感心しながら、次にこう言った。

「でも、私はお願い事をしなくても、今、こうして美幸と一緒にいるだけで幸せです」

俊雄は妻に熱々の思いを伝えた。

「私もあなたと一緒にいると、とても幸せな気持ちになれるわ」

ほほ笑みながら美幸は言った。幸せは一人ではつかめないもののようだ。

「結局、神様へのお願い事を考えすぎて時間を無駄にしてしまったわけです」

「あなた、夢の時間を無駄にしたことなんて分かるのですか？」

美幸は夫に質問した。

「夢の超特急みたいなものですよ」

「それは新幹線のことなの？」

「そうです。夢から目が覚めて時計を見たら全然進んでいなくて、夢の速さにびっくりするときがあります」

俊雄は、夢のスピード感に、しばしば驚いていたのである。

「そうよね。夢を見たときのスピードは、不思議なくらい速いときがありますね。それと、現実に起きた出来事と、夢の中の出来事が混同してしまうときもあります。でも、私、あなたの見ている夢の中に入ってみたいわ」

美幸は夫にねだった。

「同じ夢を見たいということですか？」

「ええ、そうよ」

「同じ夢を同時に見ることなんて出来っこありません」

「じゃあ、神様にお願いしてみるわ」

相変わらず、美幸は夫にメロメロである。

「美幸に私の夢を知られると困ってしまいます」

「どうしてですか？」

「変な夢だったら困るからです」

「それでも私は構いません」

「そこまで私に深入りしないでください」

「いやなのね？」

「ええ、それよりも、あしたの東京見物の行先を考えておきましょう」

俊雄がそう言ったところで、夢の話が終わると思いきや、

「先日、あなたは悪い夢を見ていたようで、『足が無い！』って寝言を言っていましたよ」

美幸は夫の寝言を明かした。

「それは多分、足を怪我したときの体験から出てきた寝言だと思います。いつも必ず、いい

夢ばかりとは限りません」

「足が無いなんて、まるで幽霊になったみたいね」

「男が見る幽霊は、大体、女性が出てきますね」

「じゃあ、私があなたと同じ夢を見たら、男性の幽霊が出てくるのかしら？」

「二人で同じ夢を見て、美幸に男性の幽霊が出て、私に女性の幽霊が出てきたらおかしくありませんか？」

「そうですね。じゃあ、ほかの夢にしてください」

美幸は夫にせがんだ。

「美幸は甘え上手で、ねだり上手ですね。では、あと一つだけですよ。それは美幸と、にらめっこしていたら先に美幸が大笑いした夢です。そのときの美幸は、おなかを抱えて大声で笑い、足をバタつかせて転がり回っていました。挙句の果てには、私を蹴っ飛ばしました」

「あらまあ〜、オーバーな夢ね。本当かしら？　私、恥ずかしくなるわ」

「そのときの美幸は笑顔が素敵でした。でも、夢はモノクロなので、現実の色鮮やかな笑顔のほうがより美しいです。去年よりも、ずっと魅力的になりました」

俊雄の誉め言葉には、清らかな愛が感じられた。

「まあ〜、うれしいのやら恥ずかしいのやら、分からない気持ちよ」

美幸は夫の甘く優しい、しかも面白い話に満たされた表情をしていた。

「もうこのくらいで夢の話は最後にしましょう」

俊雄は夢の話に区切りを付けようとした。

「でも、あなたの言う最後って最後ではないような気がするわ」

「それは、どうしてですか?」

疑問を抱く美幸に俊雄は質問した。

「最後っていうのは、最後のチャンスとか、最後まであきらめるなとかの言葉があって、未来志向的な要素が含まれていると思います」

「なるほど、最後だからといっても必ずしも終わりとは限らないということですか?」

「ええそうよ。最後は最初に相通じるものがあると思います。ですから、もう一度、夢の話を聞かせてくださいませんか?」

またも美幸はせがんだ。

「もう、勘弁してください!」

俊雄が観念したところで、タイミング良くバスは高層ビルのそびえたつ街中を走り出した。

目指すは、皇居前広場と浅草観音、そして東京タワーの観光名所である。

喜び

新しい朝がやって来た。

「あなた、私、できたみたいよ」

美幸は朝日が当たる自宅のダブルベッドの中で、俊雄の耳元にそっとつぶやいた。

「えっ！　それは本当ですか？」

俊雄は妻から懐妊を打ち明けられて、喜びを隠せず美幸の体に抱き付いた。

「あらまあ〜、あなたが赤ちゃんみたいよ」

「いつまでも美幸の温もりを感じていたいのです」

俊雄は妻に甘えた。

「あなたは、これから農園でのお仕事があるのですから、準備をしてください」

美幸は夫を促した。

「きょうは、うれしくて、ベッドから離れられません。何よりも女性は子を産むから偉大です。美幸、ありがとう！」

俊雄は感激の余り、妻の頬に口づけした。

「まだ、喜ぶのは早いですよ。これから妊娠検査薬を使って陽性反応が出たら、産婦人科病院に受診します」

美幸は夫に今後の行動を伝えた。

「きっと、妊娠の初期症状ですよ。私はうれしい限りです」

早くも俊雄は無上の喜びを感じていた。夫婦が人生を歩む過程において、妻は産んだ子を愛し、夫は生まれた子に愛され、男と女の遺伝子が重なり合って愛子《まなご》が誕生する。

――美幸は産婦人科病院で懐妊したことが告げられ、一九八九年三月に男児を出産した。あらかじめ、夫婦間で子の名前を純一《じゅんいち》と決めていたので、あとは俊雄が役所に出生届を提出するだけとなっていた。

ちなみに、妊婦が出産するときには神秘的な現象があると伝えられている。月の満ち欠けや潮の満ち引きに影響されて子が生まれるそうだ。案の定、純一が生まれたのは、大潮の日で出産予定日より二日早かった。

「美幸、元気な子を産んでくれてありがとう」

当日、病院の待合室で出産を待っていた俊雄は、産後の妻に喜びを伝えた。

「あなた、私、これから育児に忙しくなって、至らないところがあるかもしれませんが、そのときは許してくださいね」

美幸は将来を見越して、夫に謝った。

「そんなことで悩まないでください。私は精一杯、育児に協力しますから安心してくださ
い」

俊雄は妻に己の心構えを伝えた。

「ありがとう」

美幸は夫の優しい言葉と、赤子を授かった喜びからであろうか、涙ぐんでいた。ただし、赤子が生まれると、やるべき仕事がたくさんあって、妻は忙しくなるものである。まだ首が座らない乳児の時期には、授乳やおむつの交換、入浴などの仕事があり、自分の時間を確保するのが容易ではない。また、夜泣きされて睡眠不足になることもあるし、これからは多くの困難に直面するであろう。気の弱い親であるとノイローゼになってしまう場合もある。それだけではない。子を持つとなると、さまざまな行事が控えている。まず、親戚にお披露目をする行事があるし、その次にはお宮参りもある。従って、親は赤子から幼児に成長するまでの三、四年間は労苦が伴うのは疑いのない事実である。そんな繁忙極まりない生活状態に直面したとしても、美幸は夫から育児協力の約束が取れているから安心に違いなかろう。

ともあれ、美幸は無事に出産して一週間後に退院した。

◇

佐藤家の長男として生まれた純一は、両親からの海よりも深い愛情に包まれ、健やかに成長して大人になった。大学の建築学科を卒業した彼は、以前から望んでいた有名な一級建築士事務所に就職できた。

そもそも、純一が最終目標としていた一級建築士になるためには、当時の受験資格制度によると、二年間の実務経験年数を積まなければ、受験資格さえ得ることができなかった。彼は就職した建築士事務所で、その二年間を勤めあげたあと、一級建築士の国家試験に挑戦して見事合格している。当然ながら、純一は将来的には独立して建築事務所を開業する意向を持っており、それを両親の俊雄と美幸に伝えている。そのためには、現在の勤務先で十分な経験と実績を積み重ねると同時に、開業に必要な資金を蓄える必要がある。更には、建築に関連するほかの資格も取得するに越したことはない。たとえば、構造一級建築士や建築施工管理技士などの資格である。純一の才能を考えると、必ず大願成就すると、俊雄と美幸は期待しているところである。

◇

人間には三つの欲求があると言われている。睡眠欲、性欲、そして食欲である。その三つの内の食欲には、血糖値の低下によって湧いてくる食欲と、胃壁の収縮によって湧いてくる食欲に、香りや見た目などの感覚によって湧いてくる食欲があるとされている。そのような食欲の定義がいつから言われるようになったのかは知らないが、俊雄は幼少期のときに祖母の千代が作ってくれたおいしい茶碗蒸しを時折思いだす。大きな器にたくさんの具が入っていて、おいしさの余り、お代りをしていたものである。今でも、千代は当時の味を守り続けている。

きょうは、俊雄の妻が茶碗蒸しを作ってくれた。

「ねえ、あなた、私が作った茶碗蒸しのお味はどうですか？」

美幸は対面で晩酌をしている夫に聞いた。

「ああ、美幸の作ってくれた手巻き寿司はおいしいですよ」

「茶碗蒸しのお味を聞いているのよ。どうでしたか？」

美幸は改めて聞いた。

「ああ、美幸が大好きですよ」

俊雄は返事をはぐらかして、はっきりと言わない。

「じゃあ、おいしくなかったのね？　どうして怒らないのですか？　私、悲しくなるわ」

しょげた美幸は夫に訴えた。

「そんなことくらいで、私が文句を言うはずないでしょ」

俊雄は弁解した。

「良かった。あしたも茶碗蒸しを作るわよ」

「ええっ！　もう勘弁してください！」

茶碗蒸しのまずさに閉口していた俊雄は、いったん箸を置いてから妻にこう言った。

「今度、千代お婆さんに、おいしい茶碗蒸しの作り方を教えてもらいなさい」

俊雄は妻に提言した。

「そんなに、お婆さんの作った茶碗蒸しはおいしいのですか？」

「ええ、美幸には悪いけど、子供の頃の私は、茶碗蒸しを食べるたびにお代わりしていましたよ」

俊雄は千代の作る茶碗蒸しが恋しそうに話した。

「今度、お婆さんにおいしい茶碗蒸しの作り方を教えてもらうわ」

素直に美幸は言った。

「そうしてください。茶碗蒸しはお酒に合いますしね」

「あなた、お酒はお酒でも、きょう私が買ってきた吟醸酒のお味はどうですか？　私も一口頂いてもいいかしら？」

美幸は吟醸酒をうまそうに飲んでいる俊雄に尋ねた。

「いいですよ。自宅で飲むのですから酔っても構いません」

俊雄は了解した。

「じゃあ、少しだけ頂くわ」

夫婦は向かい酒を楽しみ始めた。

「ところで、美幸と一緒にお酒を飲むのは久しぶりですね」

俊雄は懐かしそうに言った。

「ええ、半年ぶりになるのかしら？」

「それでは、美幸が作ってくれた手巻き寿司もあることだし、この際、私が取れたての野菜を使って、簡単な追加料理を作りましょう」

俊雄は妻に提案した。

「うれしいわ。どんなお料理になるのですか？」

「レタスとエノキのスープにします」

「きょうの手巻き寿司に、ぴったり合いそうね」

「そうですよ。胡椒と塩で味を調えたら出来上がりですから簡単です」

俊雄は調理内容を説明した。

「味付けは胡椒と塩ですか？　砂糖と塩じゃないのね」

美幸は佐藤俊雄にまつわるダジャレでからかった。

「残念ながら胡椒と塩になります」

「つまんないわ」

美幸は駄々をこねた。

「料理は真剣に取り組むことが大切です」

俊雄は料理作りの正しい姿勢を示した。

「悪ふざけしてごめんなさい」

美幸は詫びた。

「はい！　出来上がりましたよ。熱いから気を付けてくださいね」

俊雄は出来たてのスープを美幸に差し出した。

「早くできましたね」

美幸は笑顔で言った。

「それでは、これから私は晩酌に戻りたいところですが、ちょっと水仕事をしたので、トイレに行きたくなりました」

　急な尿意に耐えきれず、俊雄が言った。

「まっ！　いやね〜、お食事の途中ですよ。でも、私も一緒について行こうかしら？」

「冗談はよしてください」

「ふっふっふっ！　恥ずかしがり屋さんね。私がお願いしたとおりに、ちゃんと座って用足しをしているところを確認してみたいのよ」

　このところ、日本の男性は小便をするときに、立ってするのではなく、洋式便器の場合、便座に座って用を足す人が増えているという。特段、大きな理由がある訳ではないと思うが、足元に小便の水滴が落ちて不衛生な状態にならないように配慮していると考えられる。これによりトイレの掃除が簡単になるし、男性でも女性と同じように小便のあとにちり紙を使えば、下着が汚れずに清潔さが保たれる利点もあろう。これぞ、日本人の清潔感がもたらす現象の一つなのかもしれない。いずれにしても、美幸はことばかりにはしゃいでいる。

「じゃあ、トイレタイムはレディファーストにしましょう」

　俊雄は美幸を優先させた。

「サンキュー！」

やっと俊雄と美幸の茶番劇が終わった。そして、二人は赤らんだ顔で仲睦まじく酒を飲みながら談笑するのであった。

夜のしじまの中で、佐藤家の窓の明かりが自慢げに灯っていた……。

運命

前日の夕暮れ時まで雨が降り続いた影響なのであろうか？　今朝は異様に蒸し暑く、立木《たちぎ》に止まっている蝉もやかましく鳴いている。

「あなた！　これにサインしてください！」

佐藤悦子《さとうえつこ》は夫の三郎がリビングで朝刊を読んでいるところにやってきて、離婚届の用紙に結婚指輪を添えて離婚を迫ってきた。これまでに三郎は悦子と何度も離婚の話し合いを重ねてきたため、離婚届用紙を突き付けられても、さほど驚きはしなかった。いずれ悦子との別れの日が来るものと予見していただろうし、前回の話し合いで息子の親権者になれる約束も取れていたこともあって、至って平静な態度を保っていた。

「結婚指輪なんかいらないから、捨てようが売ろうが、お前の好きなようにしろ！　もう、惚れてないし、今より幸せになれると思うのなら、さっさと、どこへでも好きな所へ行きな！　女なんか星の数ほどいるし、去る者は追わない！　書類はそこに置いといてくれれば、あとでサインしておく……」

三郎が不愛想に言うと、悦子は離婚届用紙だけをテーブルの上に置いて、どこへ行くともなく立ち去った。

このときの彼は、強気に「女なんか星の数ほどいる」と言ってしまったが、星の数はあまりにも多すぎて正確な数は分からないものだし、変な意味でロマンチックさがあるようにも感じてしまう。むしろ、女性を蔑視するかもしれないが、悦子には「女なんか掃いて捨てるほどいる」と言ったほうが、現実味があったように思われる。

いずれにせよ、三郎は目の前に置かれている緑色の離婚届用紙を見て、はかなさと寂しさ、そして冷たさを感じている様子がうかがえた。

そもそも、子供の親権者は父親よりも子育てに長けている母親がふさわしいと思うのであるが、三郎は頑として息子の親権を妻に譲ろうとはしなかった。しかし、農夫である彼が男手一つで子育てをするのは、多大な忙しさが伴うわけであり、その労苦は並大抵のことではない。そのことを熟知している母親の千代に見越されていた三郎は、ありがたいことに千代の育児協力によって、先祖代々続く農園の仕事に専念することができたのである。従って、俊雄の母親は悦子ではなく、千代が母親と言えなくもない。いわゆる、生みの親より育ての親ということになろう。

結婚はお互いに相手を思いやる関係でなければいけないのに、三郎が妻と別れなければならない理由は、一体はどこにあったのであろうか？　三郎としては考えたくもない心境かもしれないが、いざ、離婚という現実に直面してしまうと、失望感だけが優先しているかのように見受けられた。

何せ、離婚というものは、過去の馴れ初めや尊い絆など、へったくりもなく、たった一枚の紙にサインするだけで離婚が成立してしまうのだから、まるで小説を終わりから読み始めるようなものである。すなわち、離婚というものは、人生における一つの悲しい区切りであって、よく言われる「出会いは別れの始まり」であることを三郎と悦子は、正に実践してしまったのである。

時に、この世に生まれたときの人間は、皆、善人であって悪人は一人もいないはずだ。それなのに悦子は三郎の真なる愛情が分からずじまいで、自分勝手に浮気を続け、ついには性格の不一致を理由に離婚を迫ってきたとは何事かである。

一年前までの三郎は、悦子にまっすぐな愛情を注いできたのだから、そのことに、どんな罪があるというのであろうか？　思えば、一枚の毛布にくるまって愛をささやき合っていたときもあったというのに……。

そんな愛情物語が夫婦の間にあったのにも関わらず、残念なことに三郎は悦子の浮気を一年前から察知していたのである。彼女の心が自分から遠ざかってしまったからには、いまさら夫婦関係を元のさやに取り戻そうとは考えなかったのであろう。今や、いにしえの記憶や未来への夢も葬り去るしかなかったのだ。

ああ〜、生きて行くということは、夫婦の間柄といえども避けられない悲劇が起きてしまうものなのであろうか……？

ところで悦子は、これからの人生を歩むにあたり、一体、何を考え、何を願い、何を感じて生きて行くのであろうか？　また、彼女は許されない不倫であることを分かっていながら、なぜにリスクを恐れずに暴走してしまったのであろうか？　結局のところ、悦子は三郎とは全く異なる人生を選択してしまったのである。女性の抱く感情なんていうものは、複雑で移り変わりやすいものであって、女心と秋の空とはよく言ったものである。もはや、三郎は悦子を責めるのではなく、己を責めるべきかもしれない。

そもそも、三郎は悦子に寄せていた愛情表現が独り芝居に終わってしまったのだから、彼は彼女を他人と決め付けて諦めるしかなかろう。これこそ、正真正銘、赤の他人ということになる。

アメリカには、「ウェディングケーキはこの世で最も危険な食べ物である」との諺があるそうだ。日本では、「似合わぬは不縁の元」という諺もある。それらの教えを三郎が知っていたにしても、悦子の美貌だけに惹かれて妻に迎え入れたことの安易さは弁明の余地もない。

要するに、三郎の短絡的な思考が災いして離婚の悲劇につながったとしか考えられないのだから、己を責めて悦子を責めるべきではない。彼女の浮気は必然的に生じたものであって、この期に及んで厳しく非難する理由は無いともいえる。

今にして、三郎は心の中に潜んでいた愛の残り火が、嫌悪感と悲愴感に変化《へんげ》してしまったようだ……。

◇

その昔、四歳と幼かった佐藤俊雄は近くの公園で遊んでいるときに、父親の三郎から離婚している事実を聞いていた。

「離婚っていうのはね、お父ちゃんとお母ちゃんが別々のお家《うち》で暮らすということなんだよ。お母ちゃんが、お家にいなくても、ちゃんと俊ちゃんのことを思っていますよ……」と。

このときの俊雄は、離婚の意味が十分理解できなくて、ひたすら母親のいない寂しさに耐えながら泣いていた。もしも母親がいれば、楽しい買い物に連れて行ってもらえただろうし、何よりも温かい母親の胸の中で甘えられたはずである。しかしながら、俊雄には母親との楽しい思い出は一つも記憶になかった。本当は、大人になった今でも母親に強く抱きしめられたかったのである。いつの時代も子供は母親に熱い愛情を求めるものである。

そんなみじめな境遇に置かれていた俊雄に、祖母の千代がこう言った。

「俊ちゃん、お家《うち》にはお母ちゃんがいないけれど、お父ちゃんと仲良しになってね。お父ちゃんは、とてもまじめでいい人よ」

千代はそう言って、孫の俊雄を慰めていたものの、母親のいない理由を詳しく話すことができないジレンマに苛《さいな》まれている様子であった。

当時、離婚したときの悦子は、千代の言うまじめな三郎の性格に、多分、物足りなさを感じていたのであろう。魔が差して、成金上がりで女にかまける男に惚れこんでしまったのである。いや、男の口説き文句に堕ちてしまったのかもしれない。いずれにしても、夫婦の関係が最悪の状態に壊れてしまったのだから、もはや運命のいたずらというしかなかろう。

三郎としては悦子から深い傷を負わされて、やるせなさや口惜しさで無念の心境だろうが、彼女の性格を深く知ることなく結婚してしまったのだから、人を見る目がなかったと言われても仕方がなかろう。挙句の果てには、彼女が遠い存在になってしまい、新婚当初のような甘い関係に引き戻せる術もなく、諦めるしかなかったのであろう。夫婦の美しい形が確立されないまま別れ話になってしまったのだから、いまさら関係を修復しようにも万事休すである。

三郎は、「恋は人を盲目にする」というドイツの科学者、リヒテンベルクの名言を手本にしてしまい、いや応なしに悲劇的な結末を迎えてしまったのである。

結局、二人の結婚生活は、わずか六年間で終わってしまった。三郎としては、今の今になって過去のことを振り返りたくないのは山々だと思うが、彼は悦子によって、自身の人間的な魅力の無さを知らしめられたわけであり、高いつもりでいた気位が仇《あだ》になったと言えなくもない。彼にとっては報われない愛だったが、男の美学を適切に身に着けてさえいれば、このような悦子の身勝手さは防げたかもしれない。いまさら、誰とはなしに分かってくれと言わないにしても、あながち彼の人間性に魅力が欠けていたとは言い難い側面もある。人生なんて思いどおりにならないものである。

転じて、三郎は十五歳のときに白血病を発症している。だが、五年後の二十歳のときに、どうにかこうにか白血病は寛解《かんかい》した。そのことを悦子は三郎から聞いて知っていたが、離婚協議段階においては、その病気のことを口に出して誹謗中傷するようなことはしなかった。だが、もし白血病が再発して夫婦関係に未来がないと考えていたのであれば、それも離婚理由の一つにあったのかもしれない。

時に、雨が止まない日はない。明けない夜もない。出口のない隧道《ずいどう》も存在しない。三郎の心の中では、彼女が心底から憎くても、また、重い未練があろうとも、いまさら離婚の原因を女々しく考えても仕方のないことである。結果的に悦子と決別することになってしまったのだから、これからは自己研磨に努めて、一筋に己の道を歩むしかなかろう。さぞかし、三郎はつらかろうが、これも全て悦子に潜んでいた病が引き起こしたものと決め付けて、離婚の悲劇を忘却するしかない。もうそれしかない……。

◇

光陰矢の如し。

三郎は白血病が寛解したあとの五十年の間、日夜、農園の仕事に精を出してきた。その間、心配していた白血病の再発もなく、無事、七十歳の古希を迎えていた。ところが、長年の疲れがたまっていたのであろうか？　二日ほど前から発熱とせきが続き、なかなか軽減しそうにもなかったので、俊雄が三郎を病院に連れて行った。診察の結果、重い肺炎と診断され、急きょ入院して治療が行われることになった。

「百十五番の方ですね？　生年月日とお名前をお聞きしてもよろしいですか？」

三十歳代と思われる女性看護師が患者の三郎に尋ねた。

「個人情報だから教えられません」

三郎はふざけて看護師を困らせた。

「これから治療するのですから、ちゃんと教えてくださいね」

看護師は三郎に注意した。

「へい、しょうがありません。生まれは昭和十年九月五日で、名前は佐藤三郎というケチな野郎です」

またも三郎はふざけて言った。

「まあ～、面白いお方ね。これからお注射をしますので、ちょっとだけ痛いかもしれませんが我慢してくださいね」

「いやだとは言えそうもないな」

「ふふふっ！　そうよ」

看護師は笑って言った。そして採血中に看護師は三郎にこう尋ねた。

「手にしびれはありませんか？」

「う～ん、看護師さんの魅力にしびれました」

「まあ～、冗談がお好きなお方ね」

看護師は美しい笑顔で言った。

「わしの本当の気持ちを言っただけですよ」

「まあ～、うれしいですわ」

「これから長いあいだ、看護師さんにはお世話になりそうな気がするから、わしの顔をよく覚えといてくださいよ。ハンサムでしょ。若いときは大勢の女性にもてました」

三郎は看護師に自慢した。

「ふふふっ！　私も好きになりそうよ」

看護師は患者の対応には手慣れたもので、三郎の話に合わせた。

「ところがどっこい、わしは一番悪い女性と結婚してしまい、一生の不覚を味わっているのです。すぐ別れたけどな」

「まあ〜、それはご愁傷様ですこと」

「まだ、わしは死んどらん！　ゴホン！　ゴホン！」

三郎は病と闘いながらも、いつものように笑い話を提供して、看護師にちょっかいをかけるのであった。ところが、翌日になって彼の病状は重度な状態に急変してしまい、二〇〇五年の一月、悲しいことに帰らぬ人になってしまった。

三郎は、死の直前まで自身を奮い立たせながらもユーモアを放って人々を喜ばせて、前向きに人生を歩んできた。彼の心は明るく美しく、楽しい人生を追求するものだった。更に、彼は父親として、そして農夫として俊雄の鏡でもあった。だからこそ、俊雄は父親に負けないくらい全力で農園の仕事に取り組んでいかなければならない。きっと、俊雄は期待を裏切らないだろう。だから、三郎よ、安心して永遠《とわ》の眠りについてほしい。

佐藤三郎に合掌……。

――陽ざしがまぶしい真夏の朝方。

三郎の愛犬である「ニャーゴ」という愛称のアメリカン・コッカースパニエル犬が、のどが枯れるほど吠え続けていた。いつも一緒に散歩する三郎が家からなかなか出てこないからである。やむを得ず、俊雄はニャーゴの足を雑巾で拭いてから、「行け！」と言うや否や、ニャーゴは三郎の死を知らずして、鼻をクンクンさせながら家中をくまなく探し回るのであった。その様子は実にかわいそうでならない。悲しくもニャーゴは喪家《そうか》の狗《いぬ》になってしまったのだ……。

俊雄自身も三郎がいなくなった悲しみで胸が痛むのであるが、あしたからは父親の愛していたニャーゴを散歩に連れ出す責任が彼に託された。

三郎のいない今、俊雄には日本の夏の風物詩である蟬の鳴き声さえも寂しく悲しい響きにしか聞こえなかった……。

◇

一方、三郎と離婚した悦子は、予想どおり不幸な人生が始まっていた。期せずして、彼女は浮気相手の成金男に飽きられ捨てられてしまったのである。悦子も三郎を捨てたのだから成金男とは同じ穴の狢と言える。

結果的に彼女は暗黒の谷間に沈んでしまい、二度と三郎の元に戻ることはできないし、誰かにすがりたくても、その術もなかろう。もはや、夢見た人生は遠ざかり、自らが犯した愚かな行為に、ただひたすら懺悔《ざんげ》するしかなかろう。これこそ、自業自得と言うしかない。傷心の彼女は、アパートの部屋の中で小さく咳払いをしたあと、心の中でこうつぶやいた。

〈三郎さん、私、馬鹿でした……。あなたと別れて情け知らずの男に心を許した私が馬鹿でした……。ごめんなさい……。うそつきの男に騙され苦しめられ、いたずらに時を過ごしただけで、最後には捨てられてしまった私です。あなたとの良き思い出も、時間とともにひび割れて消えてしまったけれど、本当はあなたを追いかけて背中に縋り付きたかったわ……。三日三晩泣き続けたけれど、心の傷は癒えませんでした。遅まきながら、私は悪夢を見ていたことに気付きました。いつも愛に泣くのは女のようです。もう、自分が情けなくて死のうと思っていたのにできませんでした。生まれてこなければよかったくらいです……。こんな罪深い私ですが、あなたの知らないこの小さな町で人生をやり直ししてみせます……。あなたのためにも必ず……〉

こうして、悦子は過去に犯した過ちを反省するのであった。そして、誰もいない薄暗い氷のような冷たい部屋の中で、ちゃぶ台に頬杖をつき、茶碗酒の底を見つめながらホロホロと涙し、思いだしてはならない人を酒で思いだしているようだ。そのみじめな過去は時が経過しても消え去らず、茶碗酒の水面《みなも》に浮かんでいるようだった。

この期に及んでも、悦子には三郎への思慕の念に堪えられない表情がありありとうかがわれる。別れを経験したことで、彼女は初めて三郎の尊さに気付いたのであろうが、どんな愛であっても、一度失ってみて本当の終わりを知ることができるのである。今となっては後悔先に立たずと言うしかない。

きょうも悦子は、たった一人で収拾のつかない過ちと闘ってきた。そして、苦《にが》い冷や酒を飲みながら夜が来るたびに朝を待ち、朝が来るたびに夕べのことを思いだしているようだ。彼女は一人の寂しさに耐えながら、過去の良き思い出のかけらを探し求めて、また一日が終ろうとしていた。

――悦子には別れた成金男から手切れ金として二百万円が渡されていたが、この先、働かなければ、いずれその金は底をついてしまう。男によって、もてあそばれ羽をもがれた蝶《ちょう》のような女が、この厳しい世の中を一人で生き抜いていくのは容易なことではない。世間知らずで職業を持たない三十一歳の女が働くにしても、せいぜいパート従業員くらいで食いつないでいくしかなく、前途多難である。果たして、彼女のために羽ばたいてくれる青い鳥が現れるのであろうか……？

苦境にあえぐ悦子は、仕事探しのために職業安定所を訪れていた。その職業安定所は、現在、「ハローワーク」と名称が改められている。悦子は、きょうまでハローワークを数回訪れて仕事先を探し求めてきたのであるが、あいにく自分にふさわしい仕事を探し出すことができなかった。今回も途方に暮れて帰路についているとき、電信柱に貼られた求人広告が彼女の目に留まった。居酒屋旅館で仲居を急募している広告である。ちょうど通りすがりにある居酒屋旅館だったので、彼女は、直接、訪れてみた。そこは旅館の入り口と居酒屋の入り口がそれぞれ並んで構えていたため、悦子は居酒屋のほうの入り口で声をかけてみた。

「ごめんください！」

悦子は大きな声で店の奥に向かって呼びかけると、着物姿の女性が現れた。

「求人広告を見てお伺いに上がりました」

悦子は女性に訪問の目的を伝えた。

「私はここの女将です。このたび仲居さんがお一人おやめになったので求人広告を出しておりました。お尋ねいただいたのは大変うれしいのですが、こちらでのお仕事は、お客様のご来店が多いときだけに限らしていただいております。そのため、週末の二日か三日ほどのお勤めになりますので、格別、安定したお給金をお支払いすることはできません。それでもよろしいのですか？」

年老いた女将はそう言って、悦子に尋ねた。

「それでも構いません。どうぞ働かせてください！　お願いします！」

悦子は、ここしか働く場所がないと決めたのか、必死に頼み込んだ。

「それでは、仲居さんのお仕事についてご説明いたしますので、こちらに来てください」

女将は悦子を店内にあるテーブル席に案内した。そこに二人は向かい合って座った。

「ここの居酒屋は一般のお客様に限らず、隣の旅館にご宿泊のお客さまもご利用いただけるようになっております。旅館は素泊まりが基本ですので、ご夕食をご希望されるお客さまには、こちらの居酒屋をご案内しております。なお、旅館のほうのお仕事は別のスタッフが担当しておりますので、佐藤様はこちらの居酒屋だけに専念していただければよろしいです。

また、――」

女将から居酒屋旅館の営業実態と、仲居としての注意事項が詳しく説明された。

「では、今週土曜日の五時からお勤めしてくださいね」

女将は最後に指示を出した。

「はい、分かりました。どうぞよろしくお願いします」

ついに、悦子は居酒屋旅館の仲居に決まったのである。

――土曜日の夕方五時を迎えようとしている時刻。

きょうは悦子が居酒屋に初出勤する日である。すでに店内には五人ほどの客が入店しているようで、外までにぎやかな声が聞こえる。

「女将さん、おはようございます」

居酒屋の裏口から入って身支度を済ませた悦子は、店を切り盛りしている女将にあいさつをした。ここで改めて言うまでもないが、飲食業界では人と面と向かいあったときには、時間帯を問わず、「おはようございます」というあいさつ言葉が広く交わされている。

「はい、おはようございます。悦子さん、早速ですが三番テーブルにお料理を運んでください」

いきなり女将から指示が出た。

「はい！　分かりました」

悦子は元気よく返事して、注文料理を三番テーブルに運んだ。

「お待ちどおさま。マグロの刺身と冷奴です」

悦子は手慣れた様子で料理を運んだあと、店内の客人に向かって、こう言った。

「お客様、新人の悦子と申します。今後ともごひいきのほど、よろしくお願いいたします」

「よう、悦ちゃん、きれいだよ！」

早くも「悦ちゃん」と愛称がついたようで、一番テーブルの客から声が上がった。

「悦ちゃん、えくぼがかわいいよ！」

たちまち、ほかの客からも声が上がった。このように、彼女の強みである美貌が功を奏し、初日から人気は急上昇した。それこそ悦子は酒場に咲いた花のように美しかったからである。

翌日の日曜日には、どこで聞いたのか知らないが、悦子に会いたさ見たさで多くの客が入店するようになった。そして彼女が勤め始めて一カ月も経たないうちに、まれにしか来店しなかった客人も、月に二度三度と来店するようになった。それに伴い、旅館の宿泊客も徐々に増えてきたこともあって、悦子は女将から定期休業日の月曜を除いた週六日勤めるように依頼された。このように悦子が一人いるだけで居酒屋旅館は繁盛して、毎晩、老若男女の客人でにぎわうようになった。ただし、皆が皆、思慮分別のある客人ばかりとは限らない。

「この店はウイスキーを置いてないのか！」

中には、悦子に怒鳴りつける若者もいた。

「ここはバーではありませんよ。居酒屋です」

彼女は、上手なはぐらし方で返答していた。

「悦ちゃんよ。俺に体を貸してくれないか」

酔っぱらった好色男が悦子に言い寄ってきても、彼女はさらりと聞き流すなど、意外とその場の対処法がうまかった。仲居として必要不可欠な、あしらい方の達者なところが、首尾よくやり遂げられていたのである。

◇

時は流れ、悦子は居酒屋旅館の仕事に携わってから、あっという間に四年が経過していた。

「悦子さん、とうとう私も引退する時期が来てしまいました。私は、あなたのお仕事ぶりにいつも感心しておりました。おかげで居酒屋は繁盛していますし、旅館のほうもご宿泊のお客様が増えました。そこで、悦子さんには私のあとを継いでいただいて、この居酒屋旅館の女将になってほしいのです」

突然、年老いた女将が悦子に頼み込んだ。

「まあ〜、うれしいお話ですわ。私でよろしければ喜んでお受けいたします」

驚いたことに、悦子は仲居の立場から雇われの女将に昇格して、居酒屋旅館の経営を託されたのである。

「私は別宅のほうで過ごさせてもらいますので、どうぞ空いたお部屋をご自由にお使いください」

　女将はこれまで自身が使用していた部屋を悦子に譲り渡す旨を伝えた。

「どうもありがとうございます。これからもお店のために精進してまいります」

　悦子は感謝の意を述べた。三郎と別れた彼女の人生は悪いことばかりではなかった。ここ居酒屋旅館に勤めだしたことで、予期せぬ幸運が訪れたのである。このとき彼女は三十五歳だった。

生い立ち

時間をはるか遠い昔に巻き戻す。
空は青く澄み渡り鳥がさえずる公園のベンチで、父親の三郎はハーモニカを吹き、四歳になる息子の俊雄が歌を歌って、仲むつまじく遊んでいた。
♫やねより　たかい　こいのぼり
♫おおきい　まごいは　おとうさん
♫ちいさい　ひごいは　こどもたち
♫おもしろそうに　およいでる
「はい、俊ちゃんよくできました」
三郎は童謡の「こいのぼり」を歌い切った息子を褒めた。
「次は、『どんぐりころころ』を歌ってくださいね。それ！　一、二の三！」
♫どんぐり ころころ どんぶりこ

♫おいけにはまって　さあたいへん
♫どじょうがでてきて　こんにちは
♫ぼっちゃん　いっしょに、あそびましょう

「はい、お上手でしたよ」

三郎は息子を褒めた。

「お父ちゃん！」

「はい、何ですか？」

「お父ちゃんは誰から生まれたの？」

「えっ！」

突然の質問に三郎は驚いた。

「お父ちゃんはね、千代お婆ちゃんから生まれてきました」

「僕も千代お婆ちゃんから生まれたの？」

それを聞かれて三郎は、一瞬、戸惑いの表情を見せた。

「違いますよ。俊ちゃんは、お婆ちゃんではなくて、お母ちゃんから生まれてきました」

三郎は息子の質問に困惑しながらも事実を話した。

「でも、お母ちゃんがいないのはなぜなの？」

ついに聞きたくない言葉が息子から飛び出した。

「う〜ん、離婚したからだよ」

「離婚って何？」

「離婚っていうのはね、お父ちゃんとお母ちゃんが別々のお家《うち》で暮らすということですよ。お母ちゃんがお家にいなくても、ちゃんと俊ちゃんのことを思っていますよ……」

親の勝手な都合で息子の俊雄を悲しみのどん底に追いやってしまった三郎ではあったが、この苦し紛れの言葉でしか話すことができなかったのだ。実際、俊雄が実の母親との関係が遮断されているのは悲しい現実である。だが、三郎としては、息子が友達や近所の人たちから母親の存在を聞かれても、堂々と受け答えしてほしかったのである。

「お母ちゃんはいるけど、お家《うち》にいないだけだよ」と……。

このような言い訳じみた言葉で、三郎が息子を説得しようとしても、幼い子供には理解できないだろう。同時に、俊雄が母親との人間関係で遮断されていようとも、親子関係は既成の事実として存在している。だから、三郎の言い訳じみた言葉は無駄かもしれない。ただ、一つだけ言えることは、親が幸せにならなければ、子供も幸せになれないことだ。三郎はつらくとも息子に寄り添い、誠心誠意、接していくしかなく、それが親権者としての大事な責務といえよう。

「俊ちゃん、次はブランコで遊びましょう」

三郎はブランコに乗った息子の背中を優しく押してあげるのであるが、胸中にはとめどなく寂しさが広がっているようだ。彼の顔には誰にも話せない苦悩がうかがえられた。

ああ〜、離婚という悲劇は、一体、誰に責任があるのであろうか？　子を思えば思うほど、ただただ涙する三郎であった。

黄昏時の帰り道、山肌に赤く染まる夕陽が、まるで三郎の心情を表わしているかのように悲しく映った……。

◇

暑さが日増しに厳しくなる六月。

小学一年生の俊雄は、校庭で体操の授業を受けていた。この日は、それほど気温は高くなかったにもかかわらず、突然、俊雄が鼻血を出した。鼻血は口からも流れ出してきたため、心配した担任の教師が救急車を呼び、自身も救急車に同乗して病院へと向かった。

病院に搬送された俊雄は鼻に詰め物をされていた。

「お利口さんだから、ここのお椅子に座って下を向いていれば鼻血は止まりますよ。分かりましたね?」

六十歳くらいの男性医師から止血のアドバイスを受けていた俊雄は、素直に従っていたら、やっと止血することができた。

「俊雄くん、鼻血は止まったようですよ。よかったですね」

「うん」

「さてと、俊雄くんのお誕生日はいつですか?」

医師は症状の安定した俊雄に聞いた。

「九月十六日です」

「何年生まれですか?」

「毎年です」

「それもそうだな。聞き方が悪かったかな?」

そばで医師の診察を補助していた看護師がクスッと笑った。

「生まれは昭和三十九年です」

俊雄の付き添いをしていた教師が代弁した。

「そうすると六歳ですな」

「ええ、小学一年生です」

おかしなもので、学校の先生と病院の先生が先生同士で会話を交わした。

「では、医者の私から先生にお伝えします。俊雄くんの鼻血の原因は、季節の変わり目に敏感に反応してしまう体質からきているようです。このことは、体が気温や湿度の変化に順応できないためです。この先、本格的な夏に入りますと日射病の危険性が高まり、のぼせて鼻血を出してしまうこともありますので十分に注意してください」

この時代、暑さで身体に支障を及ぼす病気を「日射病」とか「熱射病」と言っていたが、現在は、「熱中症」と呼ばれている。

「はい分かりました。特に課外授業のときには気を付けます」

教師は医師の指示に従った。

◇

俊雄が鼻血を出した出来事から二年後のことである。小学三年生になった俊雄は校庭で遊んでいるときに、どこからともなく小石が飛んできて、彼の顔面を直撃する事故が発生した。生徒の誰かが悪ふざけで投げた石が、図らずも俊雄の左こめかみに当たってしまったのである。強い衝撃を受けた俊雄は、その場に倒れ込んだ。

「先生！　先生！　助けて～！」

俊雄と同じ教室の荒井秀樹が、近くにいた教師に大声で叫んだ。

「どうした！　どうした！」

慌てて男性教師が駆けつけて、倒れている俊雄に問いかけても返事がない。その内、こめかみから見る見る血が流れだしてきた。

「これは大変だ！　荒井君！　急いで職員室にいる先生に救急車の手配を頼んできてください！　分かりましたね！」

「はい！」

教師に頼まれた秀樹は、職員室をめがけて一目散に駆けて行った。

――救急車で病院に搬送された俊雄は、左こめかみの傷口をガーゼで覆われて、ベッドに横たわっていた。石が左目に直撃しなくて不幸中の幸いであったが、もしものことを考えると、ぞっとする出来事であった。

この昭和四十年代の校庭は、現在のような粒の小さい「岩瀬砂《いわせずな》」で造成されていなかったため、小石がごろごろしていたし、雨が降れば水はけも悪く、すぐに水たまりができてしまうほどであった。晴れて風の強い日には、砂埃が舞い上がり、目を開けていられないほどのひどい状態の校庭が多かった。

それはさておき、これで俊雄が救急搬送されたのは、このたびの事故で二回目になる。いずれも校庭内での出来事であった。

急きょ、学校からの連絡で病院に駆けつけた父親の佐藤三郎は、ベッドで横たわっている息子に話しかけた。

「俊ちゃん、お父ちゃんは担任の先生から聞いてびっくりしました。大けがじゃなくて良かったですね」

安堵の表情を浮かべて三郎は言った。そこに、俊雄の診察にきた医師が三郎にこう告げた。

「お父様、俊雄君は大事を取って一日入院するように手配しました」

「そうですか、よろしくお願いします」

三郎は承知した。

「お父ちゃん、秀ちゃんと遊びたいよ！」

早くも俊雄は駄々をこね始めた。

「お利口さんにしていたら会えますから、静かに休んでいなければいけません」

三郎は息子にそう言って諭すのであった。

「僕、もう元気だよ」

「まだ駄目です。お父ちゃんは、あしたのお昼頃にお迎えに来ますから、それまで看護師さんの言うことをよく聞いて、お利口さんにしていなさいよ」

三郎は息子を諭した。

「うん」

俊雄は返事はしたものの、不服そうな顔をしていた。

——翌日の昼時、俊雄は父親に連れられて病院から自宅に帰った。そこまでは良かったものの、喜び勇んでいる俊雄は、荒井秀樹のところへ遊びに出かけようとした。

「俊ちゃんいけませんよ。お医者さんからお家でお休みしていなさいと言われたでしょ?」

退院したばかりの俊雄を心配して、三郎は諭した。

「僕、元気になったよ」

「きょうは学校の宿題をしてお家で静かにしていないといけません」

再度、三郎は俊雄を諭した。

「もう、お父ちゃん嫌いだ!」

俊雄は怒って通学かばんを蹴った。このとき、俊雄の退院を待ちわびていた祖母の千代がこう言った。

「俊ちゃん、わがままを言ってはいけませんよ。きょう退院したばかりですから、お家でお休みしていましょうね」

三郎と千代に諭された俊雄は、しぶしぶ宿題に取り掛かるのであった。

そして、次の朝。

「俊ちゃん！　おはようございます！」

俊雄の退院をいつ聞きつけたのであろうか？　いつも一緒に登下校する近所の荒井秀樹が玄関先で俊雄を呼んだ。

「お父ちゃん！　秀ちゃんが来たから学校に行ってきます！」

俊雄はうれしそうに言った。

「気を付けて行くのですよ」

そう言って、三郎は二人を見送った。

「俊ちゃん、元気になって良かったね」

登校中に歩きながら秀樹は俊雄に話しかけた。

「うん、もう大丈夫だよ。僕、入院したときに学校の先生から聞いたよ。秀ちゃんが救急車を呼んでくれたのね。ありがとう」

俊雄は医師の治療を受けたあと、付き添いの教師から事の経緯を聞かされていたのである。

「僕、救急車のサイレンを聞いたとき、とても怖かったよ」

秀樹は事故があったときの感情を話した。

「僕だって救急車に乗ったとき怖かったよ」

救急車の中には、応急処置に必要な、さまざまな装置や器具類が備わっているのを俊雄は見て驚いていたのである。

この予期せぬ出来事がきっかけで、小学三年生の二人は、より一層親しくなった。

◇

若鮎が躍る六月。小学四年生の佐藤俊雄と荒井秀樹は、秀樹の父親である荒井達也《あらいたつや》に連れられて鮎釣りをすることになった。二人とも釣りは初めての体験である。

俊雄と秀樹は川を挟んで向き合う形で釣りをしていた。しばらくすると俊雄の仕掛けにアタリがあって、彼は即座に竿をあおり魚にあわせようとしたとき、岩場に生えていたコケに足を滑らせて、一瞬にして川の中に落ちてしまったのである。対岸で釣りをしていた秀樹は、知らないうちに俊雄の姿が見えなくなってしまったので大声で叫んだ。

「お父ちゃん！　俊ちゃんがいなくなっちゃったよ！　お父ちゃん！」

悲鳴に近い声を聞き付けた達也は、すぐに駆け付けて俊雄が川に流されたと直感し、川沿いを息子と一緒に探し求めた。

この当時の日本は、川や海で行楽する際にライフジャケットを着用する人がほとんどいなかったため、水の事故がよく起きていた。

達也と秀樹は必死になって俊雄を探し求めたところ、釣り場所から百メートルほど下流の場所で、俊雄がうつ伏せの状態で浮かんでいるのを発見した。すぐに、達也は俊雄を川から引き上げて、必死に人工呼吸を施しながら、語気を強めて息子にこう命令した。

「秀樹！　車を駐車したところまで行って、料金所の人に救急車の手配を頼んできなさい！」

「うん、分かったよ」

まだ便利な携帯電話が無かった時代だったため、父親から指示を受けた秀樹は、駐車場の料金所を目指して猛スピードで走って行った。途中、転倒しながらも、やみくもに走り続けた。

「おっ、おっ、おじちゃん！　とっ、友達の俊ちゃんが、おっ、溺れちゃったよ！」

料金所に到着すると、秀樹はしどろもどろの状態で、七十歳くらいの従業員に助けを求めた。

「えっ！　それは大変なことです。で、お友達はどうしていますか？」

驚いた従業員は秀樹に聞いた。

「おっ、おっ、お父ちゃんが！　じっ、人工呼吸し、してるよ！」

まだ、しどろもどろの状態の秀樹が訴えた。

「分かりました。すぐに救急車の手配をしますよ」

従業員は一一九番通報した。

「はい！　火事ですか？　救急ですか？」

通信指令室の担当者は、状況を確認するため、直接的な質問をしてきた。

「救急です。子供が川で溺れて、現在、人工呼吸をしています。場所は――」

料金所の従業員によって救急車の手配が終わったとき、秀樹の膝から血が出ていることに気付いた従業員は、救急箱から薬と包帯を取り出して応急処置をしてくれた。そのあと、二人は事故現場に向かうと、すでに救急車が到着していて、溺れた俊雄に必要な応急処置が講じられていた。

「あなたが人工呼吸をしてくれたおかげで、この子は助かりますよ」

救急隊員は俊雄を病院に搬送する直前、そばにいた達也に告げた。それを聞いた達也は胸をなでおろした。

そして、救急隊員は達也に病院名を告げて、可及的速やかに出発した。

「お父さん、良かったね」

秀樹も救急隊員の一言を聞いていたこともあり、父親ともども安堵していた。それにしても、俊雄が救急車で搬送されたのは、これで三回目である。

救急車を見送ったあと、達也と秀樹は自家用車を預けている駐車場に戻り、達也は料金所の電話を借りて俊雄の父親に水難事故が発生したことを知らせた。合わせて、救急隊員から聞いていた病院名も伝えた。


――達也と秀樹が自家用車で病院に到着すると、早くも佐藤三郎が駆けつけていた。

「荒井様、このたびは大変お世話になりました。息子が一命を取り留めたのは、あなた様のおかげです。本当にありがとうございました」

三郎は荒井達也に深々と頭を下げた。

「私は当然のことをしただけです。むしろ、息子さんを釣りにお連れしたことが間違いだったのかもしれません。とても責任を感じています」

達也は三郎に反省の弁を述べた。

「そんなことはありません。釣りに誘っていただいたことに感謝していました。元来、体の弱い息子ですが、秀樹くんと友達になって、いつも生き生きとしていたので、これほどうれしいことはありませんでした。どうぞ、これからも息子が秀樹くんと仲良くお付き合いできるようにお願いします」

三郎は達也に頼んだ。

「分かりました。こちらこそ、よろしくお願いします。実は、私の息子も俊雄くんとの交流をとても楽しんでいて、遊んだときの様子をよく私に話してくれます。子供は遊びを通じて心身の発達を促すことができますので、そのことに期待していました。私は父から引き継いだ『陽だまり荘』という老人ホームの経営に携わっていますので、お体の弱い俊雄くんをご家族の方がご心配されるお気持ちはよく分かります。幸い、佐藤様とは、ご近所同士ですし仲良しの彼らをこれからも温かく見守っていきましょう」

達也は子供たちの友情関係に理解を示して、将来に託した。

「どうぞこれからもよろしくお願いします」

これを機に、佐藤家と荒井家の結びつきが更に深まることになった。

◇

梅雨《つゆ》入りした六月のこと。きょうは朝から雨が降り続いており、生暖かい風も吹いている。

佐藤俊雄と荒井秀樹は、地元の普通高等学校に進学していた。二人は義務教育の小学校と中学校では同じ教室で学んだことがあったが、この高等学校に合格したときには教室こそ違うものの、登下校はいつも一緒だった。

この日は雨の中を高校二年生の俊雄と秀樹は、いつものように自転車で下校していた。二人は右手で傘をさしながら、未舗装の道路を一列になって左側を進んでいた。そのとき、前方から向かってきた乗用車が急ブレーキ音と共に衝突音を響かせて、先頭を走っていた俊雄と正面衝突したのである。俊雄は勢いの余り、車の後方にまで跳ね飛ばされ、雨で濡れた地面にたたきつけられてしまった。自転車と雨傘は原形をとどめず大破したばかりでなく、俊雄は仰向けの状態で倒れており、秀樹が駆け寄って呼びかけても全く反応がない。

一方、乗用車を運転していた若い男は、事故現場で動転しているだけで何も手立てを講じる様子もない。万やむを得ず、秀樹は近くの家に助けを求めるために全力で走った。たまたま、近所の住人が衝突音を聞いて、何事が起こったのかと窓から顔を出してうかがっていたので、秀樹は大声で叫んだ。

「大変です！　交通事故が発生しました。お願いです。救急車の手配をしてください！」

秀樹は住人に向かって必死に頼んだ。

「分かりました！　すぐ一一九番通報します！」

住人は自宅の固定電話で救助要請を行ってくれた。

「あなた！　すぐ救急車が来るそうです」

住人は秀樹にそう伝えた。

「ありがとうございます」

秀樹は住人に礼を言って、再び事故現場に走って戻り、俊雄の介助を試みるのであるが、俊雄は意識を失っているようで反応がないため、彼の耳元で励ましの声をかけることしかできなかった。


——人身事故の被害者となった俊雄は、搬送先の病院で検査と治療が行われ、全治四週間の診断が下され、急きょ、入院することになった。この日のことを皮肉な語呂合わせで表現したら叱られるかもしれないが、雨天の日に生じた青天の霹靂の交通事故だった。ただし、交通事故に見舞われた俊雄においては、交通規則を遵守して通学していたのだから、当然、彼には正当性があるはずである。今でこそ傘をさしての片手運転は、警察などから自粛するように求められているが、当時はそれが一般的に行われていた。

のちの警察官との現場検証で事故を引き起こした運転手の説明によると、舗装されていない道路のところどころに雨による水たまりが点在していた場所を避けながら運転しているうちに、前方を見るのがおろそかになって、俊雄の乗った自転車と正面衝突してしまったとのことである。

翻って、ここでいったん俊雄の過去を振り返ってみる。彼は、なぜか度重なる不運に見舞われている。六歳のときには鼻血が止まらなくて病院に搬送されたことがあったし、八歳のときには、いたずらで投げられた小石が、彼のこめかみに当たってけがをしたこともあった。また、九歳のときには川で溺れる事故も経験している。これほどまでに不運な出来事が彼の身に起こってしまったことは、本当にかわいそうでならない。そして今回、またもや災難に見舞われてしまったのである。そんなとき、いつも救助に奔走してくれたのが荒井秀樹だった。

このように、俊雄は幼少期の頃から災難に遭う機会が多くあって、彼の不幸な運命に同情せずにはいられない。今回の交通事故が彼にとって、最後の災難であることを心から願うばかりである。

時に、幸せって一体何だろうか？　幸せを明確に決める基準は存在しないが、今回のような交通事故に遭いながらも生き延びることが幸せなのか？　それとも金銭欲が満たされることが幸せなのか？　あるいは愛する人がいることこそが幸せなのか？　幸せの基準は人によって異なるはずだ。もしも、幸せになれる答えを知っている人がいるのであれば、ぜひ聞いてみたい。とりわけ、幸せの概念は個人の感じ方によって成り立っているから、他人の基準を適用することはできないだろう。

幸せの追求もさることながら、不幸もまた多様にあることを認識しなければならない。いつの時代も、世界の各地で戦火が絶え間なく起きていることや、家庭内の争いごとも不幸なことである。

更に、地球の温暖化や海洋汚染、そして森林破壊なども同様に不幸なことである。これらの不幸を解決するためには、困難な課題が残されている。しかし、地球には生物が生き延びるために、必要不可欠な水や空気など素晴らしい恩恵が存在している。現時点では、この地球と同類の惑星はまだ発見されていない。そのため、私たちは地球で生まれ育ってきたことに感謝すべきであり、地球の環境破壊が己の人生には直接関係しないとは言えない。人類が不幸にならないためにも地球の大切さを深く認識しなければならない……。

◇

交通事故で入院していた佐藤俊雄は四週間ぶりに退院した。彼は入院中、親友の荒井秀樹のことばかり考えていたため、退院するとすぐに彼の自宅を訪れた。

「秀ちゃん、きょう退院しました。その節は大変お世話になりました」

「お久しぶりですね。一時、どうなるものかと心配しましたが、元気になられて良かったですね」

「ええ、手と足の外傷も何とか癒えました」

「頭の中身のほうはどうでしたか?」

秀樹は俊雄に冗談めかして尋ねた。

「看護師さんから、以前よりも頭が良くなったと冷やかされましたよ」

俊雄も冗談めかして答えた。

「じゃあ、東京大学なんか楽勝で受かっちゃいますね」

秀樹は大げさに言った。

「いやいや、英国のオックスフォード大学も余裕で受かっちゃいますよ」

俊雄も秀樹に負けじと大げさに答えた。

「俊ちゃんが、冗談を言えるようになって安心しましたよ」

うれしそうに秀樹は言った。

「ところで秀ちゃんは、どこの大学を志望しているのですか?」

俊雄は秀樹に質問した。

「私は福祉大学に決めています」

秀樹はそう答えた。

この頃から秀樹と俊雄は、「僕」とは言わず、「私《わたし》」という一人称を使って話すようになっていた。

余談ではあるが、日本では正確には数が把握されないほど多くの一人称代名詞がある。例えば、「自分」、「俺」、「わし」、「おいら」、「己」、「小生」など、これ以外にもたくさんある。その中の一つに「僕」という一人称代名詞があって、由来は召使の男性を指した下僕の僕から変化したとされる。特に、人口密度の高い東京都とその周辺地域に住んでいる男性たちが、「僕」という言葉を使っているのが多いほか、知識人たちや名誉ある人々さえも、「僕」と言っている実情を鑑みると、その影響力たるや大きいものがある。

とりわけ、テレビやラジオなどの番組の中で、出演者がこの稚拙に感じる「僕」という言葉を使って話しているのを聞くと、精神的に我慢できないほどの違和感なり嫌悪感を抱いてしまい、そのあとの話に集中して聞くのが難しくなる。おそらく、多くの視聴者も同じような感情を抱いているのではなかろうか？　要するに、「僕」と言っている人たちは、そのネガティブに気づいていないのかも知れない。まだしも、大阪弁の「わい」という一人称代名詞のほうが、「僕」よりも人情味にあふれており、人々に受け入れやすいと思う。それが故に、「僕」という言葉は、主に十代までの若者に限定して使うのが適当ではなかろうか？孔子の教えにある「――三十にして立つ。四十にして惑わず。五十にして天命を知る――」の格言を引用すれば、年齢層に合わせて一人称代名詞を使いこなすのも一つの方法としてある。

例えば、「僕」から「私」へ、「私」から「小生」へと切り替えて使う方法である。それによって、より自然な表現が実現できるのではなかろうか。何しろ、人々が話を聞く際、「僕」という言葉が使われないことで違和感なく聞き取ることができるし、一人称代名詞の選択によっては、悪い印象を避けることができるかもしれない。その点、「私」という言葉は、男性でも女性でも公の場で一般的に使われていて、最も礼儀正しい一人称代名詞として広く認められている。できるものなら、言語学者や知識人たちが協力して、日本社会全体において「私」という一人称代名詞を広めてくれることを望む。なぜなら、「私」という表現方法が広まれば、より文化的な礼儀作法が尊重される社会が形成されると考えるからである。

この際、ほかにも気に障る言葉がある。それは、感嘆詞と言ったら良いのであろうか？「まっ！」という高慢な印象を受ける言葉を多用して話す人々のいることにも、強い不快感を抱いてしまう。その「まっ！」が一回や二回使われる程度であればまだしも、過度に使われると耐えられないものがあるから、絶対に控えるべきである。しかも、「まっ！」を区切らずに文節の先頭に付け加えて話す人々もおり、美しい日本語が破壊されている。ましてや、話し言葉に最も注意を払わなければならない放送局のアナウンサーまでもが、同様に「まっ！」を多用している無神経さには驚きを隠せない。

そのほかにも、「まっ！」と同様に何の変哲もない「やっぱり」とか「なんか」などの言葉や、特に政治家が頻繁に使う「しっかり」という言葉を何度も繰り返し聞かされると、どうしても嫌悪感を抱いてしまう。

八十歳にもなる老人がこう言った。

「『まっ！』年寄りの『僕』はね、『まっ！』運転免許証の返上を考えているけれど、『やっぱり』『僕』は車が無いと『なんか』不便に感じるし、『まっ！』交通事故を引き起こさないように、『まっ！』『しっかり』と『まっ！』安全運転に心がけますよ」

比喩的な表現で例文にしてみたが、世の学識者からみて、このような話し方をどのように感じるのであろうか？　知りたくなる。

幾分、俊雄と秀樹の進路の話から横道にそれてしまったが、二人は日本語を正しく使いこなしているから安心する。

◇

再び、佐藤俊雄と荒井秀樹の対話場面に戻る。

「ところで、秀ちゃんはなぜ福祉大学を志望しているのですか？」

俊雄は秀樹に質問した。

「私は一年ほど前から、父の経営する『陽だまり荘』という老人ホームの運営を手伝っていますが、未だに初期投資の回収すらできず経理面で四苦八苦しています。そのため、私は福祉大学で老人ホームの経営に関する知識を学んで、父の仕事をサポートするつもりです。国の発表によると、将来的には高齢者が極端に増加する社会が到来すると言われていますです。そのことで、私は高齢化社会に対応するため各種の資格を取得し、同時に経営学も学んので、『陽だまり荘』の発展に貢献できる人物になりたいと考えています。やはり蛙の子は蛙なのですよ」

俊雄の質問に対し、秀樹は己の志向を語った。

「立派なお考えをお持ちですね。ぜひ、その心意気で頑張ってください」

俊雄は秀樹を激励した。ちなみに日本における福祉関連の歩みを調べてみると、一九六三年に「老人福祉法」が制定された際、従来、「養老院」と呼ばれていた老人施設が、「老人ホーム」という名称に変わっている。その老人ホームの内容には、「養護老人ホーム」と「特別養護老人ホーム」、そして「経費老人ホーム」があって、荒井達也が経営している経費老人ホームは、暮らしに不安を抱えた六十歳以上の人々が利用できて食事の提供も行われる施設である。

また、老人ホームの数が十分とはいえない一九八二年には、国民保健の向上と老人福祉の増進を目的とした「老人保健法」が制定されている。更に、その十五年後の一九九七年には、介護が必要な人々を社会でサポートするための「介護保険法」が制定されている。

このように国が社会福祉に関連する法の整備をさまざまな方策で実施してきたことは、歴史の歩みからしてよく分かる。特に、日本では今後も高齢者の数が増え続けると予測されていたので、達也の父親は将来を見据えて、「陽だまり荘」という経費老人ホームを設立していたのである。

「ところで、俊ちゃんは、どこの大学を志望しているのですか?」

今度は秀樹が俊雄に質問した。

「先ほど私が冗談で言った英国のオックスフォード大学ではありませんよ。日本の農業大学です。大学で農業の役割や課題などを学んで、父の手掛けている農園の仕事に専門的に従事するつもりでいます」

「親孝行の俊ちゃんですね。私も負けずに頑張りますよ」

秀樹は俊雄との競争心を燃やした。

「早くも荒井ちゃんは『鼻息が荒く』なりましたね」

俊雄は荒井秀樹にダジャレで返した。

「いまさら、『砂糖と塩』ちゃんから、名前でなくて名字で呼ばれるとは思っていませんでしたよ」

秀樹も俊雄にダジャレで応酬した。

「私たち、まるでお笑い芸人みたいですね」

俊雄は言った。

「ほんと、漫才コンビになれますよ」

秀樹がそう言うと、

「漫才コンビでも息の合った名コンビになれそうですね」

俊雄は言った。

「名コンビでも迷いの迷コンビでは駄目ですよ」

秀樹はそう言った。

「うまく言いましたね。そのコンビって、コンビニのことではないですよね？」

俊雄も負けじとダジャレを連発した。

「もちろん、私たちはコンビネーションのいい友達ですよ」

またしても、秀樹はコンビにかこつけたダジャレで応酬した。まさに二人は漫才を実演しているかのようで、やり取りが終わりそうにもなく、とうとう俊雄は帰りの時間が来たのでこう言った。

「秀ちゃん、そろそろ私は帰ることにします」

話に夢中になっていた俊雄は、秀樹にそう告げた。

「分かりました。俊ちゃんは病み上がりだからタクシーを呼びましょうか？」

秀樹が心配して言った。

「タクシーといえば、面白い話を思いだしましたよ」

俊雄は一度立ち止まって意味深に言った。

「それはどういうことですか？」

秀樹は俊雄に聞いた。

「タクシーが目的地についたとき、持ち金が三百円足りなかった男がいました」

「それでどうしたのですか？」

秀樹は俊雄に質問した。

「男は三百円分、戻ってくれと運転手に頼んだそうです」

「ええ！　そんなこと通用しませんよ」

秀樹は驚いた。

「でも、戻ってもらい、男はそこから目的地まで歩いたそうです」

「それは俊ちゃんでしょうか？」

「そういうことにしておきましょう」

「何が本当でうそかは分かりませんが、面白い話ですね」

秀樹がそう言ったところで、男の井戸端会議は終わった。

友情

一九八六年の師走。

農業大学を卒業した佐藤俊雄は、父親と祖母と共に農園の仕事に従事していた。一方、福祉大学を卒業した荒井秀樹は父親の経営する「陽だまり荘」という老人ホームで管理者として働いていた。二人は幼馴染ということもあって、きょうまで固い友情で結ばれている。この十二月二十五日は、荒井秀樹の誕生日である。

「秀ちゃん、二十二歳のお誕生日おめでとうございます」

招待された俊雄は祝辞を述べた。

「どうもありがとう。俊ちゃん、きょうは飲んで食べて歌って一緒に楽しみましょう」

招待側の秀樹は俊雄を歓待した。

「ありがとうございます。秀ちゃんの誕生日はクリスマスの日と同じ日ですから、毎年、二重の喜びがありますね」

「私はキリスト教の信者ではありませんし、クリスマスだからと言って、それほど気に掛けていませんよ」

　秀樹は俊雄にそう答えた。

「秀ちゃんは無神論者ですからね」

「そうです。日本は仏教国なのに、この年末年始になると、多種多様な宗教儀式が入り乱れてきます。例えば、きょうのようなクリスマスには教会で祈る人がいますし、その六日後の大みそかには寺院で参拝する人もたくさんいます。翌日の正月になると神社で初詣する人もいて、実際、日本人は無宗教の人が多い一方で、キリスト教であれ、仏教であれ、あらゆる宗教を柔軟に受け入れてしまう国民性があるように思います」

　秀樹は日本人の持つ宗教観の多様性に言及した。

「逆に、宗教に柔軟過ぎる考えを持っていると、反社会的宗教団体にのめり込んでしまう人もいますよね」

　俊雄は日本人の宗教観を懸念した。

「ええ、それは残念なことです。誰しもカルト教などに、安易にはまることのないように、厳しい態度を持って対応しなければいけませんね。十六世紀にはフランスで宗教戦争が勃発していますから、宗教には怖い一面があることを軽視してはなりません」

　秀樹は宗教の持つ恐ろしさを訴えた。何しろ、日本人は一般的に人を敬う心を持っているため、宗教に対して嫌悪感や差別感を持ち合わせていない。そのため、他人を踏みにじるようなことはしない。これこそが宗教に対する寛容さと敬意を表わす賜物である。

ただし、多くの日本人は無宗教を自認しているのにも関わらず、困ったときには神様仏様と神頼みする人もいる。従って、必ずしも宗教との関わりを一切断ち切っているわけではない。神棚や仏壇を置く家もあるし、神社仏閣などに出かけて参拝する人も多くいる。これら矛盾の域を脱せないが、それが日本人の宗教観であると受け入れれば気が楽になる。

「それはそうと老人ホームの経営は順調に運んでいますか？」

ここで俊雄は話題を変えて秀樹に尋ねた。

「残念ながら、そうとは言い切れません。非常に厳しい状況に直面しています」

「どんな問題があるのですか？」

「一言では言い切れないほど、多くの難題を抱えています。特に、施設の維持管理費用が重くのしかかっていて、『陽だまり荘』の存立自体が危ぶまれています。何しろ、入居者の大半が高齢者で無職なので、施設の経営が苦しい状況でも簡単に入居費用を値上げすることはできません。そのことによって、経営が窮地に立たされると、立ち直るためには多大な苦労が伴います。私としては、長年、社会で功績を残してきた入居者たちが、健康で安らかな暮らしを送れるように手助けしたいと考えています。ですから、入居者たちが安心して暮らせるように、施設の存続に全力を尽くさなければなりません。それが私の責務であると自覚していますので、これからは従来の経営手法にとらわれず、施設の活性化に向けてイノベーションを起こして取り組みたいと考えています」

「素晴らしい理念をお持ちですね。どんな仕事も大変なのは分かっている私ですが、秀ちゃんの社会福祉を成し遂げようとする強い気概には、頭が上がりません」

俊雄は称賛した。

「いいえ、俊ちゃんも農園で一生懸命働いているのですから立派なことですよ」

彼らは互いを褒め合った。

「私は秀ちゃんのために、収穫したコメや野菜をできる限り提供しますよ」

俊雄は秀樹に農産物の援助を申し出た。

「無理しないでください。簡単に甘えるわけにはいきません」

「いいえ、私は秀ちゃんが取り組んでいる社会福祉の仕事を少しでもお手伝いしたいのです。だって、秀ちゃんと秀ちゃんのお父様は、私の命の恩人ですもの。ぜひ協力させてください」

「お志、本当にありがとう。経営状態が思わしくない老人ホームの管理者の立場としては非常に助かります。これからは佐藤俊雄ちゃんを『砂糖と塩』なんて、ダジャレが言えなくなります」

秀樹は俊雄に感謝の意を述べた。

「私だって、老人ホームの経営で全身全霊を傾けている荒井秀樹ちゃんに、『鼻息が荒い男』なんて、ダジャレは言えなくなります」

俊雄は秀樹に尊敬の念を抱いている。

「俊ちゃん、そんなに気兼ねしなくても人間の暮らしにはお笑いが必要です。面白おかしいダジャレなら健康に良いと考えるべきです」

秀樹はそう言った。

「私もそう思います。お互い気張らないで頑張って仕事に励みましょう」

かくして、俊雄と秀樹は仕事において、柔軟に取り組み、それを完遂することを誓い合った。

◇

荒井秀樹は佐藤家の玄関チャイムを鳴らした。

「は～い、どなた様ですか？」

玄関から顔を出したのは千代だった。

「こんにちは、荒井秀樹です。突然お邪魔して申し訳ございません」

「荒井さん、よくぞお越しくださいました。どうぞお入りください」

「きょうはどんなご用件でお越しになったのですか?」

千代は秀樹に尋ねた。

「久しぶりに、俊ちゃんと話がしたくて伺いました」

このとき、秀樹は具体的な用件まで言わなかった。

「俊雄は養鶏場での仕事が間もなく終わる頃ですから、よろしかったらそこの応接室でお待ちになってください」

千代の言う応接室と呼ばれる部屋は、玄関の隣に位置していて、四、五人が打ち合わせなどができる場所だった。秀樹は千代から差し出された茶を飲んでいるときに、仕事を終えた俊雄が家に戻って来た。

「やあ、秀ちゃん、いらっしゃい」

俊雄は秀樹を見つけてあいさつした。

「お忙しいときに、お邪魔しております」

「いえいえ、秀ちゃんのことですから全然構いませんよ」

俊雄は秀樹の来訪を温かく迎えてくれた。

「養鶏場でお仕事をしていたのですね？」

秀樹は俊雄に尋ねた。

「ええ、そうですよ。私は父と一日置きに、四時半から養鶏場で働いています。鶏舎内ではスタッフと一緒に作業をしていますが、仕事は結構きついものがあります。鶏は朝早く卵を産むため、午前中が一番忙しい時間帯です。まず鶏の健康状態を確認してからケージ周辺の清掃を行っています。餌はコンベアに載せて与えていますが、水は常に自動で飲めるようになっています。そしてケージの前に落ちている産みたての卵は、エッグトレイで回収しています」

俊雄は養鶏場の作業手順を一通り説明した。

「ところで、秀ちゃん、きょうはどんなご用件でしょうか？」

俊雄は尋ねた。

「実は、老人ホームの入居者たちから、軽い運動のできる場所を設けてほしいとの要望がありまして、今時、流行りのフィットネスクラブを立ち上げることに決めました。しかし、私の施設には専門的な指導をするスタッフがいません。かと言って、入居者の方々に自己流で運動してもらうのは難しいことですし、外部から専門のトレーナーを雇うほどの経済的な余裕もありません。私としては、高齢者が運動することによって、心身が元気な状態に保てて長生きをしてほしいと願っています。そこで、俊ちゃんの奥様が理学療法士の資格をお持ちと聞いていたので、運動に関する知識やノウハウを伝授していただけないかと思い、きょうお伺いしました。ただし、入居者たちは高度な運動能力を身に着けようとは思っていません。何分にも高齢者ばかりですので、ラジオ体操くらいの適度な運動を二、三回ご指導していただければ十分です。設備面においては、必要とする運動器具類を準備したいと考えています。ぜひ彼らの願いに手を差し伸べていただけないでしょうか。突然のお願い事で申し訳ありません」

秀樹は俊雄に頼み込んだ。

「秀ちゃん、お安い御用ですよ。妻が休日のときに、そちらへ向かわせます。妻は病院で患者さんの体の予防や維持を目的とした仕事に携わっていますから、施設の方々にも同じようにご指導できると思います。二、三回とは言わず、ご要望があれば必ずお伺いしますので、お気軽にお申し付けください」

妻の思いやりの心を知った上で、俊雄は秀樹の要望に応じた。

「ありがとう。これまで俊ちゃんからは、お米や野菜を頂いていますし、その上、奥様にフィットネスのご指導までお願いして恐縮します。私のほうからは何もお返しができなくて、申し訳なく思っています」

秀樹は俊雄に頭を下げた。

「そんなことは、気にしなくてもいいのですよ。秀ちゃんの社会福祉に貢献する姿勢のほうが、私よりもよっぽど価値のある行いです。私は心から尊敬しています」

俊雄は秀樹の持つ虚心坦懐な人柄をたたえた。

「どうもありがとう。俊ちゃんの善意には、とても感謝します」

秀樹は感慨深い表情で言った。

◇

空は青く澄み渡り小鳥が楽しそうに歌っている五月。

佐藤美幸は息子の純一が三歳までに成長して、育児の手があまりかからなくなったこともあり、かつ、千代の協力も得られているため、以前、勤めていた病院のリハビリテーション室に復帰していた。きょうは日曜日で仕事が休みである。

「あなた！　『陽だまり荘』に行ってきましたよ」

先日、荒井秀樹から「陽だまり荘」の入居者に運動指導をしてほしいとの要望があって、それに応えるため、本日、妻の美幸がその施設を訪れていたのである。

「さぞ秀樹君は、お喜びになったでしょうね？」

農作業を終えて、自宅で茶をたしなんでいた俊雄が妻に聞いた。

「ええ、秀樹さんたちが温かく迎えてくれました」

「それは良かったですね。で、そのあと、どうされました？」

「秀樹さんとエレベーターで四階建て施設の屋上に上がったところ、従業員さんと入居者さんたちが私をお待ちになっていました。もともと、屋上には屋根付きのテラスが完備されていて、これまでに休息や飲食をする場所として使われていたそうです。そこを一部回収してフィットネスも行えるようにしていましたが、まだ運動器具が揃っていなかったので、きょうはごあいさつしかできませんでした」

そのときの美幸は、集まった全員に次のようにあいさつした。

「皆さん、こんにちは！　きょうはとても温かくて気持ちのいい日ですね。私の名前は佐藤美幸と申します。本日は、お招きいただきまして誠に有難うございます。荒井様からこの屋上にフィットネスクラブを立ち上げるというお話を主人を通じて聞いていました。そのことで、皆さんに基本的な運動方法を教えてほしいとのご要望がありましたので、早速、お邪魔に上がりました。私は理学療法士として、主に病気やケガなどで障害のある方や障害が予測される方に、お体の回復や維持保全を目的としたリハビリテーションのお仕事に携わっています。従いまして、私はスポーツに特化した運動指導はできません。でも、『陽だまり荘』

の皆さんが軽い運動を通じて、自立した暮らしを送れるように支援することは可能です。ですから、皆さんには健康維持のためにも、これからはエレベーターを利用するのではなくて、階段で屋上に上がることをお勧めします。そして、この青く澄み渡った五月晴れの下で、深呼吸するのも健康に非常に良い効果があります。更に、ペダルをこいだり、ぶら下がったりする運動器具があれば、より効果的な体力づくりができると思います。その点の必要な器具類につきましては、私が荒井様に準備していただくようお願いしておきますので、それらが整いましたら、またお邪魔して、より具体的なご指導をさせていただきたいと思います。きょうは簡単なごあいさつに留めさせていただきます。では、皆さんのご健康を心からお祈りいたします。本日は、お招きいただきましてありがとうございました」

美幸のあいさつが終わった。

「パチ、パチ、パチ」

施設の入居者と従業員から温かい拍手が送られた。

「佐藤美幸様、ありがとうございました」

荒井秀樹からも美幸に感謝の言葉が贈られた。

――再び佐藤家にて。

「次回の訪問が楽しみですね」

俊雄は報告してくれた妻に言った。

「ええ、みんな、やる気に満ち溢れている姿を見て、とてもうれしかったわ」

美幸は感想を言った。

「それは美幸が美人だからですよ」

俊雄は妻を持ち上げた。

「まあ〜、取ってつけたようなお世辞は言わないでください」

「つい本当のことが口から出てしまいました」

俊雄の直言不遜で虚言の無い性格は相変わらずである。とにかく、美幸が「陽だまり荘」を訪問する次回に乞うご期待である。

このあと美幸がこう言った。

「ねえ、あなた。『陽だまり荘』の方々を一度、桃狩りにご招待したらどうでしょうか？きっとお喜びになると思うわ」

美幸は夫に提案した。

「それは素晴らしい考えですね。日ごろ外出する機会の少ない方々にとって、楽しい体験になるでしょう。早速、秀樹さんに話してみますよ」

俊雄は妻の提案に笑顔で同意した。

◇

蝉の鳴き声で暑さを覚える七月の昼下がり。

先日、美幸から老人ホーム「陽だまり荘」の入居者に桃狩りを体験させたらとの提案があり、本日、総勢十人の参加者が佐藤俊雄の農園に集まった。

始めに、俊雄は全員の前で次のようにあいさつをした。

「皆さん、こんにちは！　猛暑が続く中、農園にお集まりいただき誠にありがとうございます。私はここの農園を経営している佐藤俊雄と申します。先日、私の妻が『陽だまり荘』を訪問して、皆さんにフィットネスのお話をさせていただきました。帰宅後の妻が皆さん方を桃狩りにご招待したらどうかとの提案があって、荒井秀樹さまにお伺いしたところ、快くご承諾いただき、本日の桃狩りが実現しました。フィットネスも健康管理につながって良いのですが、この夏の風物詩である桃狩りで桃の香りと味覚を楽しんでいただき、心が弾んでいただければ、とてもうれしく思います。さて、桃狩りを始める前に、桃の特徴ともぐコツについてご説明いたします。桃は太陽をたっぷり浴びた木の上の部分や、木の外側部分に実る桃が一番甘くておいしいことが分かっています。以前、私は桃をもぎ取っているときに脚立から落下して、足のくるぶしを骨折して入院した経験があります。そのため、脚立を使って高いところの桃をもぐのは危険です。その代わり当方で手の届く範囲にある桃に荷札で印をつけておきました。それをお一人様五個もいでいただくことにします。おいしい桃は桃花色で少し柔らかくなっていますし、形も整っていて表面に白い毛があるのが特徴です。その点を見定めながら、桃狩りを楽しんでいただければ、うれしく思います。特に、桃はデリケートな果物ですから、枝を持って軽く手のひらで包み込むようにして、引っ張りながら右か左にひねって取るのがコツです。では、私がお手本を示しますので、よく見ていてください――

――」

俊雄は桃のもぎ方を実演した。

「それでは、これから桃狩りを楽しんでください！」

俊雄の掛け声で一斉に桃狩りが始まった。そして、各自が五個の桃をもいで、その内の四個を小さなダンボール箱に入れ、残りの一個を果樹園の一角にある井戸のところで、洗って食べることになった。

「皆さん！　桃をおいしく食べるコツは、冷蔵庫で冷やさずに常温で食べることです。これにより、桃の甘さとジューシーさを最大限に楽しむことができます」

俊雄は桃の賞味法を教えた。

「うん、皮がうまくむけました」

老夫は桃の皮が簡単にむけて喜んだ。

「まあ〜、とても甘くておいしいわ」

老女は桃のおいしさに感激していた。

「皆さん！　お持ち帰りの桃を長持ちさせるためには、ラップに包んで冷蔵庫に保存してください。後日、冷えた桃を召し上がるときには、常温に戻してからお楽しみください」

俊雄は、桃の保存方法と賞味の仕方を教えた。そして、皆が桃を食べ終わったところで、秀樹が俊雄にこう言った。

「俊ちゃん、桃の香りとおいしさをたっぷり堪能することができました。貴重な思い出作りができて大変うれしく思います。全員が初めての桃狩りを体験して、喜んでいる様子を見ることができて、私は最高の喜びを感じました。何よりも皆の笑顔を見ていると、思わず涙がこぼれそうになりました。きっと、きょうの体験が、あしたからの元気の源になってくれることでしょう。本日はお招きいただき誠にありがとうございました」

秀樹は俊雄の尽力に感謝の気持ちを述べた。

「どういたしまして。皆さんが元気に楽しんでいる姿を見ることができて、桃の生産に携わっていて本当に良かったと思います。私こそ、皆さんとの出会いにお礼を言わなければなりません」
今度は俊雄が秀樹に感謝の気持ちを伝えた。

無常

木枯らしが吹きすさぶ朝、冷たい舗道には街路樹の落ち葉が散っている。

朝食を済ませた三郎は、母親の千代に何か異変が起きたのではないかと、心配そうな表情を浮かべていた。きょうは、千代と一緒にエンドウ豆の種まきをする予定なのに、なかなか食卓に姿を現わさないからだ。仕方なく、三郎は母親の寝室の前まで行って、ドア越しに声をかけてみても返事がない。恐る恐る部屋の中に入ってみると、彼女は寝床で静かに息を引き取っていたのである。悲しいことに、三郎が深く敬愛していた千代は、とうとうこの世を去ってしまったのである。ここ最近、食事の量が減り、疲れやすくなっていたことは、彼女の健康状態が悪化していた兆候だったのかもしれない。三郎は千代のまだ温かい体に触れて、一気に悲しみがあふれ出し、息ができないほどの状態に陥っていた。無念なことに、彼の胸騒ぎが的中してしまったのだ。千代、このとき八十五歳だった。

遠い昔の話に戻る。三郎が十五歳のときに白血病を発症したとき、母親の千代はたゆまぬ世話をしてくれた。その甲斐があって、三郎の白血病が二十歳のときに寛解して千代は安堵したものの、その五年後に今度は一つ年上の夫、佐藤正雄《さとうまさお》を交通事故で失っている。正雄は四十六歳の若さで急逝してしまったのである。

千代は人間の死というものが老人だけに訪れるものと考えていたかもしれないが、その考えは間違っていた。老人にいえる概念には、高齢による健康状態の有無など、さまざまな要素が含まれているにしても、男性であれば七十歳以上が寿命と考えても間違いなかろう。それなのに、千代は早くも夫を失い、それから四十年の長きに渡り未亡人として生き抜いてきた。そして、彼女は苦労を背負いながら自身が亡くなる直前まで、農園や家事の仕事に励んできたのである。

されど、千代の人生における苦労はそれだけでは終わらなかった。彼女は息子の三郎が離婚して四歳になる俊雄の親権を得たときでも、男手一つで子を育てるのは困難であると分かっていたのであろう。孫の俊雄を自身の子のように愛し、献身的に育児に携わっていたのである。千代の協力なくして、三郎と俊雄の平和な暮らしは成り立たなかったと言っても過言ではない。今や、俊雄は三十六歳に成長し、六十五歳の三郎と共に農園の仕事に積極的に取り組むことができた。そのことからしても、佐藤家における千代の存在は大きく立派な女性であったことが分かる。

一夜明けて、千代の葬儀が執り行われた。それでも、三郎は千代の死を信じたくなかったのであろう。まだ千代が実在していると信じ込んでいる様子であった。それどころか、三郎には千代がささやく声を感じ取っているかのようだった。

〈三郎や、私は死んでハナミズキになれたわよ。だから、そんなに悲しまないで……〉と。千代の好きだったハナミズキが、庭先でひっそりと春を運んでくるような雰囲気の中、三郎は千代とのどんな小さな思い出も忘れまいと、必死に記憶を呼び起こそうとしている様子だった。

三郎は悲しみの真っ只中、夜になって窓を開けてみると、外はめっきり寒くなっており、星も涙顔で彼を見つめているかのようだった……。

——そして一年後。

秋の彼岸の中日、三郎と俊雄に美幸、そして純一の四人は、千代の面影を追い求めるかのように、細い山道沿いに咲く赤い曼殊沙華を横目にしながら、千代の眠る墓地へと向かっていた。長いあいだ千代の存在が大きかっただけに、皆、無言で、うつむき加減に歩いている。

時に、ある日本の俳優が言った言葉を思いだす。それによれば、人間は二度死ぬという。一度目は肉体が滅びたときであり、二度目は皆に忘れ去られたときだという。しかし、千代の死は皆に忘れ去られたわけではない。彼女は価値ある人生を立派に生き抜いてきた人物であり、誰もが彼女の功績を記憶し続けることは間違いなかろう。

墓参を終えて、帰路につく四人の耳に、寺から一日の終わりを告げる鐘の音《ね》が響いてきた。寺の鐘が千代との別れの悲しみを和らげてくれれば良いのであるが、人生にはどうしても悲しみはつきもので、またいつか別の悲しみが訪れてしまう。人生は、その繰り返しである。

◇

千代の死去から七年が経過した二〇〇七年のこと。星も凍るような寒い一月に、再び悲しみが訪れてしまった。老人ホーム「陽だまり荘」の理事長で、俊雄が川で溺れたときに命を救ってくれた恩人の荒井達也が心筋梗塞で亡くなってしまったのである。

俊雄は告別式に参列しているあいだ、ずっと泣き崩れていた。なぜなら、亡くなった達也は俊雄が川で溺れたとき、懸命に人工呼吸をして助けてくれた恩人だからだ。その達也は息子の秀樹と俊雄との友情を温かく見守り、更には、自分の息子と共に老人ホームの経営に力を注いできた素晴らしき人格者である。そのような人物が、この世を去るという事実は、俊雄にとっては無常であり、ほかならぬ悲しい出来事であった。達也が七十一年の生涯であったことは短すぎと思わざるを得なかった。

ああ～、なぜに人は最期を迎えなければならないのか？　一体、人生って何だろうか？

命って何だろうか？　俊雄には理解が及ばない。

今、俊雄が悲しみの状況に置かれているときに考えてみたくなることがある。「最期」と、「最後」という言葉には、それぞれどんな意味があるかという疑問である。ピント外れの考えかもしれないが、どうも「最期」と「最後」には時間の関連性があるように思えてならない。

では、時間とは何だろうか？　時間とは過去から未来への旅であると考えられる。その旅路で人々は楽しい時間と、そうでない時間を泳ぎ回っているような気がする。時間は楽しいときには短く感じられ、悲しいときには長く感じられるのが、人間の感覚機能の特徴のようである。

実際、時間には決められた数値が存在しないそうだ。我々は一秒や一分という時間の単位を一定の常識と考えているが、アインシュタインによる相対性理論によれば、時間は変化するという。この理論によれば、一秒が一秒とならないというのだから、なんともはや摩訶不思議である。

俊雄としては、一日があっという間に過ぎ去り、時間の虚無を感じて怖くなるときがある。それは、おのずと終わりに向かっていると思うからだ。しかしながら、俊雄は最愛なる千代の逝去にしても、命の恩人である荒井達也の逝去にしても、最期という終焉は可変なものと受け止めたかったのである。実のところ、「最期」よりも「最後」という言葉に真実が隠されていると考えていたのである。その二つの言葉の内、「最後」という言葉は、最後から始まる永遠《とわ》の物語に自分自身が再び存在することを意味し、決して夢や幻でもないと思っていた。

千代の大好きだったハナミズキの枝の先から花芽が萌え出してくるように、彼女もそして荒井達也も、命の在り方を「最後」という言葉で理論武装することによって、二人は再びよみがえってくると、俊雄は信じている……。

最後

♫夕空晴れて　秋風吹き
♫月影落ちて　鈴虫鳴く
♫思えば遠し　故郷の空
♫ああ　わが父母　いかにおわす

日本人が、「故郷の空」という唱歌を歌ったり聞いたりすると、誰しも郷愁の思いに駆られてしまうと思う。古里の景色や人々とのつながりなど、さまざまな思い出が湧き上がってくるからだ。郷愁という感情は、過去の出来事や思い出に関連している。そのこと自体は悪いこととは言えないが、人は未来志向の精神を持って生きるべきだと考える。過去には戻れないのだから、後ろを振り向かずに前に進むべきである。過去よりも現在、現在のあとにくる未来を重要視すべきである。つまり、未来を考えない者に未来はないと思うのである。未来という言葉は、当然ながら将来を意味していて、自分自身でその将来を具体的に構築することが重要であろう。それが、真の人生と言えるのではなかろうか？　ほかの人生なんか考えられない。

そんな人生観に関連して、言葉は違えども「最期」と「最後」という言葉の違いについて、もう一度考えてみる必要がある。

この二つの類似した言葉を辞書で調べてみると、「最期」とは命の終わるときとあり、もう一つの「最後」は物事のいちばん終わりとある。二つの言葉の意味合いはよく似ているが、「最期」は一度だけの終わりを表わすのに対し、「最後」は複数回の終わりが含まれているのである。つまり、「最後」という言葉には、始まりが含まれていると解釈できる。うまくは表現できないが、「最後」とは、あらゆるものを包括した終わりの象徴だと考える。それは、ブラックホールのような空漠たるものが存在しているのではないかとの考えにたどり着く。

そもそも、この世には科学では証明できないことがたくさんある。その中には、死後の世界が存在するかどうかという疑問も含まれる。死後の世界とは、あの世のことを指すが、もしもそれが存在しないのであれば、霊魂が宿ることもなく、百八の煩悩を断ち切る手段も失われ、菩提になって戻って来ることもできなくなってしまう。

従って、もし誰かがあの世に行ったのであれば、この世もあるというのは極自然な考え方である。更に、あの世に行かなくても三途の川を渡ろうとした臨死体験者の話に耳を傾けるのであれば、あの世の存在を信じても不思議なことではない。それは信ぴょう性や真実性が高いと思われるからである。

結局のところ、あの世の存在を信じるからこそ、人は悟りを開き善行を積み重ねて極楽浄土を目指すのであって、誰もが地獄を望んでいるわけではない。

しかしながら、多くの宗派の中には、極楽浄土も地獄も存在しないという宗教もあって、あの世のイメージには個々の宗派ごとに違いがある。その中でも極楽浄土に行けるとされる宗派を一つだけ挙げてみると、「浄土宗」がある。その浄土宗では南無阿弥陀仏を唱えることによって、必ず仏様からの救済が受けられて、極楽浄土に生まれることができるとされている。また、生前中に縁のあった人々とも、浄土で再会できるともいう。

例え、浄土宗の教義に従って念仏を唱えていなくても、ほかにも五常の徳である「仁・義・礼・智・信」の心を常に持ち続けている人であれば、霊魂が宿るとも言われている。

今や声を大にして、「人生一〇〇年時代の到来だ！」と、喜び勇んで叫ぶ必要もない。そもそも死は遅かれ早かれ全ての生物に訪れるものであり、決して恐れる必要もない。死後も極楽浄土で幸せに生き続けられると信じるのであれば、絶望の闇も存在しない。唯一、存在するのは真実である。例え無神論者であっても、仏様から祝福を受けて極楽浄土に行けるとしたら、そこには素晴らしき音楽が流れ、美しき花が咲き誇り、まさに極楽の世界が広がっていると考えられる。人は現世から来世に生きる喜びを望んでいるだけであって、それは決して欲張りとはいえない。

結局のところ、人間は死して姿かたちが消えてしまうにしても、あの世で永遠に生き続けられると信じるのであれば、人生は一度きりではなく、永遠に続くと考えることができる。

鰯の頭も信心からとでも言っておこう……。

従って、もし人が永遠に生き続けることができるのであれば、人の命を担保にする生命保険会社などのビジネスは不要であり、むしろ、そのような保険に頼ることは慎むべきと考える。

そんな訳で、あの世に行くにしても、「最後」という言葉が「最期」よりも適切な言葉であると断定することができよう。もはや、「最期」という言葉は日本語の辞書に存在しないと考えるべきであり、これからは「人生の最期」と表記するのではなく、「人生の最後」と表記すべきであろう。現に、日本社会ではそのような表記が普通に行われている。また、人間の霊魂が永遠に続くと信じるのであれば、論理的には「最期」という言葉に類似する「命日」という言葉も必要とされなくなる。

この際、今、生きている人たちは、死する際に、ああしたいとか、こうなりたいとかいう無駄な欲望を抱くのではなく、生と死の境界線なんか存在しないと考えるべきである。そのためには、現世でやり残したことがあっても良いのである。なぜなら、あの世でやり遂げることができるからである……。

もはや、死の世界は決して暗黒でも絶望の世界でもない。むしろ、光り輝く美しい世界が広がっていると信じ切ることが救いになる。信じることは生きることであり、生きることは愛することである。愛こそが命であり、愛する心には何物にも負けない無限の力が宿っている。だから、人がこの世を去ったとしても、愛があれば新たな人生物語が始まって眠ることはない。全ては、ここへとつながっている。

よって、故人と親しい関係のあった人々は、生前中と同じように誕生日を祝福してあげる優しい心を持ってほしい。更に、命日であっても復活を前提にしているのだから、誕生日として祝うこともできよう。一年に二度の誕生日があったとしても、さして不思議にはならない。

ここに神の声が届いた。

『人々よ！　霊魂は永遠に不滅である……』と。

亡者の声も届いた。

『友よ！　来世でまたお会いしましょう……』と。

人は土に還り、そしてまた新たな人生が始まる。

◇

あれは、二〇二二年一月の冷たい北風が吹きさらす黄昏時だった。突然、隣町の弁護士事務所から俊雄宛てに配達証明付きの内容証明郵便物が届いた。受け取った俊雄は二階の主寝室で不安げに開封してみると、実母の佐藤悦子が、この一月に死亡したことによる遺産相続の通知書面であった。悦子は八十四歳で亡くなる半年前に、公正証書遺言を残していたのである。遺言執行者からの通知書面によると、相続関係者は俊雄一人だけのため、相続財産七百万円の全てが俊雄に相続される内容になっていた。ただし、不動産に関する記載は無かった。

夢か現か、母親の面影もなく育ってきた俊雄だったため、ここにきて遺産相続の手続きをするにしても、まだ疑心暗鬼の状態であった。何しろ、三郎が悦子と離婚したとき、俊雄はたった四歳だったから実に五十数年ぶりの予期せぬ知らせであった。彼としては、いまさらながら過去を振りかえるのは苦しみが伴うものであった。何しろ、母親の存在を忘れようとしても忘れられない日々が、四歳のときからきょうまで続いていたことにある。長いあいだ寂しさから抜け出すことができなかったのだから、この知らせを受け取ったときには複雑な心境にならざるを得なかった。三年前に亡くなった父親の三郎だって、生きていれば今の俊雄と同じ心境になっていたに違いない。幸か不幸か悦子よりも三郎が先に旅立ったことで、彼女の死去を知らなくて良かったのかもしれない。俊雄の胸中には何とも言えない空しさが渦巻くのであった。人生って、思いがけない出来事が起こるものであると……。

それればかりか、相続の通知書面のほかに、俊雄が生まれて間もないときの写真と封書が同封されていた。写真はモノクロで、すでに古びていたが、俊雄を真ん中にして三郎と悦子が幸せそうな顔をして映っていた。写真の裏には、俊雄一歳、三郎三十歳、悦子二十七歳と記されていた。写真には過去を思いだささせてくれる力があるが、俊雄には全く過去の記憶が浮かんでこなかった……。

俊雄はきょうのきょうまで、母親は実在していないと決め込んでいたのに、写真を見て、なぜか急に熱い涙が止めどなく流れ出してきた。

〈父よ！　母よ！　私が見えますか？　私はどうしたらいいのでしょうか？　最後の最後は、やっぱり死でしかないのですか?〉

俊雄は心の中でそう叫んだ。彼は線香花火の火の玉が涙に変わって、はかなく落ちるような悲しみの訪問に胸を痛めるのであった。そして、震える手で同封されていた封書をやっとの思いで開けることができた。

『——俊雄さん、私は駄目な母親でした。母親の資格はありません。もしかしたら母親ではないのかもしれません。あなたにきょうまで苦労を掛けさせてしまったのですから、いまさら謝っても許してもらえないのは分かっています。母親として女としての責任を何も果たしてこなかったのですから当然です。あなたにとっては理不尽な存在の私でしたが、ずっと、あなたの姿がまぶたに焼き付いています。今までの私は、あなたに会いたくても会えなかったし、声を聞きたくても聞けませんでした。せめてあなたの元気な姿を見たくて、探偵さんに、こっそり写真を撮ってもらいました。友達と楽しそうに登下校しているときの姿や、運動会で必死に走っているときの姿です。最愛の人と仲睦まじくお食事をしている写真もあります。それらを見ていると、私は悲しくなって泣き虫になってしまいます。ずっと独りぼっちの私は、寂しくてたまりませんでした。町であなたと同じ車を見つけたときには、一瞬、時間が止まってしまうほどでした――』

離婚して夫の三郎とは別の人生を選んだ悦子は、愛人の成金男と同棲して一年後に捨てられたこともあって、ひしひしと女の弱みが見て取れる文面であった。俊雄は手紙で母親が苦しんでいた過去を知り、彼女が抱えていた孤独や苦悩に思いを馳せた。それは、母親からの手紙が示すように、人生における過去の出来事の中には、人を苦しめることもある。それでも、苦難を背負ってきた俊雄は、今ここに生きている。己だけを大切にするのではなく、母親の過去を理解する気持ちになれたのであった。

ついに、俊雄は母親に対する怒りや憎しみが消え去り、代わりに母親がこれまで生きてきた中で、苦しみに耐え抜いてきたことを理解する力が湧いてきたのである。そして、これからの彼は、悲しみから抜け出して己の人生を謳歌し、妻の美幸と共に前向きに生きて行く決意を新たにしたのであった。

月日が過ぎて、母親を許す気持ちになったときには、もう母親はいない。しかし、母親が残してくれた手紙や写真を通して、俊雄は母親と真摯に向き合い、そして自分自身とも真摯に向き合い、最後は和解する気持ちになれたのである。これはとても素晴らしい感情の芽生えと言えよう。これからの俊雄は、亡き母親から相続する遺産を大切にしなければならない。

彼には母親の姿が見えなくても、声が聞こえてくるような気がしていた。

二階の主寝室から見える夕陽が希望の光のように美しく映えていた……。

――手紙を読み終えた俊雄は、夕食の支度をしている妻にこう告げた。

「美幸、先ほど私に遺産相続の郵便物が届きました。私が母親から相続する財産ですが、全部、荒井秀樹さんに寄付したいと思います。私が川で溺れたとき、今はいない秀樹さんの父親に助けてもらいましたし、そのとき、秀樹さんは救急車の手配に奔走してくださったからこそ今の自分があります。ご両人は私の命の恩人ですし、秀樹さんは私がこめかみに石が当たって倒れたときや、交通事故に見舞われて大けがをしたときにも、私を助けるために尽力してくれました。その秀樹さんは、父親から引き継いだ老人ホームで、今も世のため人のために活動しています。ただ、残念なことに事業がうまく運んでいないようです。そこで、経営難に陥っている老人ホームの立て直しのために、私は母親から相続する遺産の全てを寄付すれば、多少なりともお役に立つのではないかと考えました。それに、私たちの息子も一級建築士事務所を開設して立派に働いているので、何も心配することはありません。私も農園の仕事に専念しているだけで満足できる暮らしを維持しています。元々、私は母親が実在していないと決め込んでいましたし、遺産相続も予想していませんでした。だから、私は秀樹さんに寄付する決断を下しました。美幸、どうぞ私の気持ちを理解してください。お願いします」

俊雄は己の考えを妻に告げた。

「お金は使うためにあります。あなたがお金を使わないと日本経済が停滞してしまいます」

「そんな大げさに言うお前は、陽気で幸せですね」

「それが私の持ち味よ」

「しかも楽天的だからうらやましいよ」

「どうしてそう思うの?」

「浪費家ではないからさ」

「じゃあ、浪費家の反対語は何になりますか？」

「それは節約家になるな」

「ええそうよ、節約家の私は、けちけちした人とは違って、必要なときには、きちんとお金を使います。このたびの遺産相続はあなただけのもので、私ではありません。私は、あなたの慈善的な行為に賛成しますから安心してください」

「ありがとう。さすが美幸は理解力があって素晴らしい妻です」

「そうかしら？　ちなみに寄付金はいくらになるのですか？」

「ちょうど七百万円です」

「あら！　縁起のいい数字ですね」

「ええ、ラッキーセブンです」

「きっと、秀樹さんはお喜びになるわ」

これがオシドリ夫婦の会話だった。

◇

寒風が身に染みる一月の二十日。

奇しくも、佐藤俊雄は母親の悦子が亡くなった一年後に帰らぬ人になってしまった。しかも、母親の命日と同じ日に永眠したのである。偶然とはいえ、何と奇跡的な出来事であろうか？　三百六十五分の一の確率である。父親の三郎が母親の悦子と離婚したときも運命のいたずらと言わざるを得なかったが、俊雄の終焉も同じ運命のいたずらだと思ってしまうほどである。

俊雄は決して偉人や賢人とか言われるほどの立派な人物ではない。ただの男であった。しかし、彼は公明正大な人物だったからこそ、人々から愛され信頼を得ていたのである。そんな俊雄であっても、生前中にはしばしば昔が顔を出していた。それは母親のいない寂しさや切なさを感じていたことである。何しろ自分の結婚式には母親はいなかったし、子供が生まれたときにもいなかった。全ての祭事に母親はいなかった。離婚した両親の子供であったが故に、やるせなさから逃れられなかったのだ。なぜに、俊雄はこのような悲しい運命に見舞われたのであろうか？　ただのいたずらにしてはひどすぎた。もはや、悪夢として過去を捨て去る方法しかなかった。

俊雄は母親への憎しみと許す気持ちの狭間の中で、最後の最後まで辛酸をなめさせられた。そんな数奇な運命をたどらざるを得なかったのは、母親の悦子に責任があったのか、それとも父親の三郎に責任があったのか、はたまた両方に責任があったのか、考えただけでは分からない。彼は運命に逆らうことができなかったのである。

そんな俊雄に一年前、音信不通だった母親から弁護士事務所を通じて、予想もしていなかった遺産相続の通知書面が届いたことがあった。そのとき、彼は複雑な気持ちになったものである。その上、同封されていた写真に、己と両親が一緒に映っているのを見たとき、彼は感極まって男泣きをしている。幾つもの切ない場面を思いだして、感情のコントロールが抑えられなかったのである。

もっと遠い昔を思い起こせば、彼は六歳のときに大量の鼻血を出したことがあった。八歳のときには小石がこめかみに直撃したこともあった。九歳のときには川で溺れたこともあった。そして、十六歳のときには交通事故に見舞われたこともあった。なおも、二十三歳のときには足のくるぶしを骨折したことなど、不幸な出来事が数多くあり、中には命の危険にさらされたこともあった。しかし、幸運なことに全て重大な事態には至らず運が味方してくれた。ただし、一生の中で最も不幸だったのは、やはり両親の離婚であろう。

人生において、不幸な出来事が起こるのは、誰にでもある運命だと考えがちだが、そのあとの対処法次第で己の世界観は変わるものであって、人が考えるほど大げさなものではないかもしれない。運命の解釈には個人によって異なるだろうが、運が良くも悪くも人生は必ずしも運命によって決まるものとは限らない。言い換えれば、運命は己の考え方や行動によって変えることができるのではなかろうか？　ここでは因果応報とでも言っておこう。

ともあれ、多くの災難に見舞われてきた俊雄ではあったが、幸いにも理学療法士の藤田美幸との出会いから新たな人生が始まり、彼は幸せを見出すことができた。美幸は俊雄よりも三つ年上だったが、彼女は彼の愛を真摯に受け入れ、今も清く美しい人生を歩んでいる。

美幸は理学療法士という職業柄、全ての人に対して優しさと思いやりを持っている素晴らしき女性である。どんなに美辞麗句を並べ立てても足りないほど、彼女は立派な女性である。古風な言葉で表現すれば、美幸の存在こそが俊雄にとっては、「感謝感激雨あられ」と言えるであろう。二人が出会わなければ、俊雄の人生は確実に異なった道を歩んでいたに違いない。まさに美幸の存在は、俊雄にとって心のよりどころであり、それどころか彼女は太陽であり宝物であったと言えよう。そして、二人は三十六年間にわたって充実した人生を送ることができたのである。これは、奇跡というものではなく。俊雄の心と美幸の心が溶け合って生まれたものであった。

ここでもう一度、佐藤俊雄の善行を振り返ってみたい。彼は母親から相続した財産を老人ホーム「陽だまり荘」の管理者である荒井秀樹に全額寄付している。そのことの理由には、命の恩人である秀樹の経営する老人ホームが経営難に陥っていたため、立ち直りを願っての寄付であった。しかしながら、その善行もつかの間で、俊雄は施設の再建を見届けることなく、この一年後に他界してしまったのである。五十九歳と少し早すぎる旅立ちであったが、子供の頃からの身体上の弱さが影響したのであろうか？　俊雄にはもっと長く幸せな暮らしを続けてほしかったが、もはや未練なんかはないと信じよう。例え未練があったにしても、彼はきっと未練の捨て場所を見つけていたに違いない。故に、彼が笑みを浮かべてこの世を去ったことからしても、完全なる成仏を遂げたものと考える。

今、亡者となって病院から帰ってきた俊雄は、冷たい棺の中で眠っている。親族たちのすすり泣きの声が、そこかしこから聞こえてくるが、それを押し殺すかのように厳かに通夜が執り行われた。翌日の葬儀では、出棺から火葬、収骨まで行われ、ついに俊雄は骨壺に納められて自宅に帰って来た。

人は人であるが故に恋をし、人は人であるが故に死なぞ決して望まない。だからこそ、人は自分の目標達成に向かって努力しながら生きている。人生には喜びや悲しみ、挫折や成功、出会いや別れなど、数々の出来事に巡り合う。それらを通じて、人々はどのような人間でありたいのか、何を大切にして生きるべきなのかを見出すことに努力している。

俊雄は周囲の人々との絆をより深く築き上げてきたし、佐藤家の一員としての責任と役割、愛情や思いやりの重要性を最大限に実践してきた。そして、俊雄と美幸が共に過ごした人生は、愛情と幸福に満ち溢れているものだった。故に、彼が遺してくれたレガシーは、千年後でも忘却されることなく人々の心に輝き続けることであろう。

人生には必ず終わりが訪れるが、それでも人々は生きる過程で努力し、愛する人たちとの時間を大切にし、周りの人々に喜びや感動を与えることができる。それが俊雄であり美幸であった。二人は素晴らしき人生を送っていたのである。

その後《ご》、俊雄の友人である荒井秀樹は、俊雄の寄付金を活用して、老人ホーム「陽だまり荘」を再建することができた。その施設は、地域の高齢者に安心して過ごせる場所として今も愛されている。俊雄が残した遺志が実現され、多くの人々の暮らしが支えられるようになったことは、秀樹にとって大きな喜びであると同時に、俊雄との思い出を大切にしながら人々の役に立つことを続けていくことであろう。

ともあれ、俊雄と秀樹は、苦難という試練を乗り越えたあとに、幸せを手に入れた人生物語であった。俊雄の遺志が実現されたことで、その物語には新たな意味と価値が加わったとも言えよう。

また、美幸も俊雄との永遠《とわ》の愛を育むことができたし、そのほかの人々も彼から深い愛情が注がれたことを忘れてはならない。

そして、俊雄と美幸が築き上げてきた美しくも尊い愛の物語は、今後も多くの人々に語り継がれることであろう。

美幸は仏壇の前で祈りをささげていると、天から俊雄の声が届いた。
〈美幸！　愛しています……〉
俊雄には第二の人生が始まっていた。
〈あなたのこと、いつまでも忘れません……〉
美幸は心の中でそうつぶやいた。

〈完〉

《あとがき》

「最期」という言葉は、善人でも悪人でも避けられない死という悲しい宿命を意味している。若い人は死についてさほど気にもしないだろうが、年を重ねてくると、どうしても死後の世界を知りたくなるものである。そのため、筆者は「最後の最後」という題名で、「人生の最期」という言葉ではなく、「人生の最後」という言葉にこだわって、人生の最終目標を考察する作品に着手した。このこと自体、おこがましいかもしれないが、どうしても人間の生きざまや持ち味を描きたいという思いから取り組んだ作品である。

人には幾つもの古傷がある。忘却したくても忘却できず、死ぬまで痛みを抱え続けることもあろう。しかし、最後の最後に己の人生を振り返ってみて、清廉潔白さを貫き通した人物と称されたい願望もないわけではない。この願望自体が欲深いと言われるかもしれないが、最後に訪れる来世には、バラ色の人生が永遠に続くと信じたくなるものである。それは決して夢の浮橋のようなものではないということを……。

人は身近な人の死に直面したとき、つらく悲しい思いを抱くものであるが、誰しも生きている限り死というものは避けられない事実である。しかし、前向きな心構えで生前中に終活を行っていれば、納得のいく終わりを迎えられることができると思う。また、日常の生活においても当たり前のことに感謝の気持ちを持つことで、自然と生きがいを感じることができるはずである。そのため、終活の手段としてエンディングノートを活用している人も多くいる。

一方で、何が最後で何が始まりなのか、よく分からない人々も存在するかもしれない。もし、命を絶つことが終わりだと理解している人がいれば、それは誤解である。人は霊界の存在を信じることによって、死を恐れる必要はなくなり、死は崇高で尊く美しいものと考えることで救われる。笑って死ねることには意味があると考える。

では、本小説に掲げた「最後の最後」という題名は、具体的には何を意味しているのであろうか？　実は、筆者が最後という言葉に関心を持ったのは、定年間近な頃だった。最後とは物事の終わりではないような気がしたからである。それこそ、最後のあとには、新たな始まりが待っていると考えたのである。ただし、「最後」という言葉を二つ並べることで、強調効果を意図したわけではない。従って、「最後」を三つ並べようが四つ並べようが、それ自体は複雑なことではない。単純に、最後の訪れがいつなのか分からないため、その前にできる限り充実した人生を送りながら、今を生きるべきだと考えただけのことである。

ここまで最後について、たわいもない理屈を述べてきた真の理由は、筆者が誰もが知らない霊界の存在を信じていたからである。その信仰心には、己の命を永遠に保ち続けたいという願望があったからである。その願望は、終わりのない追求心と執着心から生まれたものであった。最終的には、「最後」という言葉があっても、「最期」という言葉は存在しないとの結論に至ったのである。と言うのも、人間にとって、生きていること自体が何物にも代えがたい最大の幸福であり、それを永遠に続けたいという思いがあったからである。そこから、本小説の執筆が始まった。

誠にお恥ずかしい限りであるが、本小説が大団円を迎えることを心から願っている。そして、最後という言葉の意味が読者によって咀嚼されることを望んで止まない。それが理解されれば大変うれしい。

これでこの小説は終わった。作中で「最後」という言葉が何度出てきたか分からないが、最後は単なる終わりではない。筆者はあの世に召されたとしても続きの人生が待っていると考える。

それでは、「皆様さようなら」と言いたいところだが、実は、最後は始まりに通じるという論理構成にあるから、「皆様おはようございます」……。

《著者プロフィール》

すぎやま博昭（すぎやま・ひろあき）

本名は杉山博昭。一九四七年に静岡市で生まれ、現在、愛知県の一宮市に在住。作家の故、堺屋太一が小説の中で一九四七年から一九四九年の三年間に生まれた人々を「団塊の世代」と名付けていて、著者は、その世代に当てはまる。更に、著者は一九九二年に心臓手術を受けていて、一級の身体障害者でもある。

著作の一作目には、高校の同期生で野球部員のキャッチ四人組という仲間が、幾多の悲喜苦楽に遭遇しながらも結束力を堅持し、新たな夢に挑む『華の七十歳』（風詠社）がある。二作目には、困難な状況に人はどう向き合い乗り越えて行くのか。一家族を通して懸命に生きる人たちの応援歌を描いた『星空』（風詠社）がある。

最後の最後

2024年1月12日　第1刷発行

著　者　すぎやま博昭
発行人　大杉　剛
発行所　株式会社 風詠社
〒553-0001　大阪市福島区海老江5-2-2
大拓ビル5-7階
TEL 06（6136）8657　https://fueisha.com/
発売元　株式会社 星雲社
（共同出版社・流通責任出版社）
〒112-0005　東京都文京区水道1-3-30
TEL 03（3868）3275
印刷・製本　シナノ印刷株式会社

ISBN978-4-434-33205-0 C0093